ŒUVRES CHOISIES

DE

LE FRANC
DE POMPIGNAN.

TOME PREMIER.

Cette édition stéréotype, en 2 vol. in-18, se vend
à Paris,

Chez P. Didot l'Aîné, rue du Pont de Lodi, n° 6,
près la rue de Thionville.

Et chez Firmin Didot, imprimeur de l'Institut, et
libraire, rue Jacob, n° 24.

Prix broché,

Papier ordinaire . . . . 2 fr.
Papier fin 2   50 c.
Papier vélin 6
Grand papier vélin 9

OEUVRES CHOISIES

DE

LE FRANC

DE POMPIGNAN.

TOME PREMIER.

EDITION STEREOTYPE
D'APRÈS LE PROCÉDÉ DE FIRMIN DIDOT.

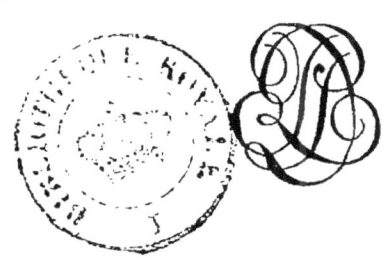

A PARIS,

DE L'IMPRIMERIE ET DE LA FONDERIE STÉRÉOTYPES
DE P. DIDOT L'AINÉ ET DE FIRMIN DIDOT.

1813.

NOTICE

SUR LA VIE ET LES OUVRAGES

DE LE FRANC DE POMPIGNAN.

Jean-Jacques Le Franc, marquis de Pompignan, dont l'aïeul maternel étoit président à mortier au parlement de Toulouse, et dont le pere étoit premier président de la cour des aides de Montauban, naquit en cette derniere ville le 10 août 1709.

Ses parents le destinerent à la magistrature; son éducation fut confiée aux plus habiles maîtres de la capitale, au nombre desquels on remarque le célebre pere Porée.

Après son cours d'études classiques, il resta à Paris pour y suivre les écoles de droit; mais son goût l'entraina dans la carriere de la poésie, où son coup d'essai fit concevoir de grandes espérances.

Il n'avoit que vingt-cinq ans lorsqu'il fit représenter sa tragédie de Didon (1), qui, reprise plusieurs fois avec succès, est restée au courant du répertoire, comme un des ouvrages les plus estimables du second ordre. Honorablement accueillie chez

---

(1) Sous le titre d'Enée et Didon.

I.   a

l'étranger, elle a été traduite en italien et en vers libres par l'abbé Venuti.

Encouragé par cet heureux début, le jeune auteur s'empressa de faire une nouvelle tragédie, qu'il appela Zoraïde. Cette pièce présentoit, dit-on, le contraste des mœurs américaines avec les mœurs européennes. En ce cas, elle devoit offrir plusieurs points de ressemblance avec l'Alzire de Voltaire, et cette concurrence devenoit bien redoutable pour Pompignan.

Les comédiens reçurent Zoraïde d'une voix unanime, mais ensuite ils refuserent de la jouer, à moins que l'auteur ne la soumit à une nouvelle lecture, pour y faire les corrections et les changements qui lui seroient indiqués. On prétend que, choqué de ce ton impérieux, Pompignan leur écrivit la lettre suivante :

« Je suis fort surpris, messieurs, que vous exi-
« giez une seconde lecture d'une tragédie telle que
« Zoraïde. Si vous ne vous connoissez pas en mérite,
« je me connois en procédés, et je me souviendrai
« assez long-temps des vôtres, pour ne plus m'occu-
« per d'un théâtre où l'on distingue si peu les per-
« sonnes et les talents. Je suis, autant que vous mé-
« ritez que je le sois, votre, etc. »

Cette lettre, qui se trouve deux fois dans les œuvres de Voltaire, édition de Kehl, n'étoit pas celle d'un auteur modeste ; mais elle annonçoit un homme de caractere. Pompignan d'ailleurs l'adressoit à des comédiens, qui trop souvent se croient les juges sans appel des gens de lettres, dont ils ne sont que les organes.

Il étoit trop fier pour ne pas tenir parole. Dès ce moment, il cessa de travailler pour le théâtre Fran- çois. On assure cependant qu'il composa encore quatre tragédies, dont les sujets étoient : Marius, Montézume, la Conjuration de Venise, Mustapha et Zéangir ; mais on ajoute que sa veuve, par un excès de piété, livra aux flammes le manuscrit de Zoraïde et ceux de ces quatre autres pieces, qui, par conséquent, n'ont été ni représentées, ni im- primées.

Déserteur de la scene Françoise, Pompignan es- saya ses talents au théâtre Italien et au théâtre de l'Opéra.

En 1735, il fit jouer sur le premier les Adieux de Mars. Ce petit drame, qui, suivant l'auteur lui- même, est assez frivole, obtint quelque succès dans sa nouveauté.

En 1737, il donna au théâtre lyrique son ballet héroïque intitulé le Triomphe de l'Harmonie ; treize ans après sa tragédie-opéra de Léandre et Héro, et en 1759 Apollon, berger d'Admete, acte très court, qu'il a depuis ajouté au Triomphe de l'Harmonie. Ces ouvrages furent généralement bien reçus.

Il a fait en outre trois autres opéra, Janus, Pro- méthée, et les Héroïnes d'Israël, et un ballet héroï- que qui a pour titre : les Desirs. Ces quatre poëmes qui n'ont pas été mis au théâtre, figurent dans la collection des œuvres de leur auteur.

Dès 1737, il avoit quitté Paris pour aller remplir le ministere d'avocat-général à la cour des aides de Montauban. Il fut élevé plus tard aux fonctions de premier président de cette cour de justice, en remplacement de l'abbé Le Franc, son oncle, qui avoit lui-même succédé dans cette magistrature au pere de Pompignan.

Un discours sur l'Intérêt public, qu'il prononça lors de son installation en qualité d'avocat-général, et dont quelques phrases déplurent à l'autorité, lui valut une disgrace passagere. Une lettre de cachet le confina dans la ville d'Aurillac, où il traduisit en vers l'élégie d'Ovide sur son départ de Rome pour le pays des Sarmates. Ce délassement convenoit à un poëte en exil.

De retour dans ses foyers, il s'occupa tout à la fois des devoirs de sa place, de travaux champêtres, et d'études littéraires.

Comme magistrat, quoiqu'il trouvât peu d'attrait dans l'exercice de ses fonctions, il s'en acquitta toujours avec une exactitude sévere. Souvent il adressa aux ministres d'éloquentes représentations en faveur du peuple, et toutes ne furent pas inutiles. En un mot, il sut tellement se faire estimer par son équité et par son courage que, quand il demanda sa retraite, le roi, par une faveur dont on ne connoissoit encore qu'un exemple, lui con-

serva le rang et la prééminence de sa charge; il fut
même, par une distinction encore plus singuliere,
nommé conseiller d'honneur au parlement de Toulouse, quoiqu'il n'eût jamais servi dans cette com-
pagnie, au milieu de laquelle il alla siéger pendant
quelque temps avec beaucoup d'éclat.

Comme agriculteur, il se distingua par des entreprises utiles à ses vassaux et à ses fermiers. En
ce genre, sa réputation, aussi honorable que celle
qu'il a obtenue dans les lettres, est encore en vé-
nération dans son canton, même dans sa province.

Comme poëte et littérateur, il ne se borna point
à effleurer des superficies. Une étude opiniâtre fit
de lui un des écrivains les plus instruits de son
siecle. Non seulement il acquit la connoissance des
principales langues modernes, telles que l'anglois,
l'allemand, l'espagnol, l'italien, mais il parvint à
posséder le grec, l'hébreu, et quelques autres langues orientales. Une bibliotheque nombreuse et
bien choisie, un cabinet de médailles et d'antiques,
avoient fait de son château de Pompignan un des
monuments les plus intéressants de sa province.
On le voyoit rarement sans un livre à la main.
Quand on lui demandoit comment il pouvoit résister à un genre de vie aussi laborieux : « Je me
« délasse, disoit-il, en variant mes lectures, mes
« études, et mon travail. »

Un homme aussi passionné pour les lettres et les

a.

arts ne pouvoit manquer d'en stimuler la culture chez ses compatriotes ; par son crédit, la société littéraire de Montauban fut érigée en académie ; il en fit lui-même l'inauguration.

En 1740, il fut nommé à l'académie des Jeux Floraux ; en 1746, l'académie de Cortonne, sur la présentation de l'abbé Vénuti, l'un de ses fondateurs, et traducteur de Didon, l'admit au nombre de ses associés. Pour remercier cette académie étrangere de l'honneur qu'elle lui faisoit, il lui adressa une lettre latine qui contient des recherches curieuses sur les antiquités du Quercy.

C'est dans sa retraite, à Pompignan, que cet écrivain profondément studieux et sincèrement chrétien, mais dont la piété, très louable sans doute, ne fut pas toujours assez indulgente, composa successivement ses poésies sacrées, imprimées pour la premiere fois en 1751, ses discours en vers, extraits des discours sapientiaux, un grand nombre d'odes soit originales, soit traduites de Pindare et d'Horace, des épîtres, des poésies fugitives, une traduction en vers des Géorgiques et du sixieme livre de l'Enéide, une traduction en prose des tragédies d'Eschyle et d'une partie des Dialogues de Lucien, quelques traductions en vers, et beaucoup de traductions en prose d'ouvrages grecs, latins, anglois, et italiens, et enfin plusieurs mémoires, discours, dissertations, et morceaux relatifs à des matieres soit de piété, soit d'érudition, soit de littérature, soit de philosophie, soit d'administration publique.

Ses cantiques sacrés furent accueillis avec une extrême froideur. Ce genre austère contrastoit singulièrement avec le goût du siecle ; le recueil offroit d'ailleurs trop de prise à la critique littéraire ; mais ce qui en accéléra peut-être davantage le discrédit, ce fut une dissertation de deux cents pages dans laquelle le marquis de Mirabeau (1) en fit un éloge exagéré et souverainement ridicule, que Pompignan eut ensuite l'inconcevable foiblesse de joindre à une magnifique édition qu'il donna de ce même recueil en 1763. Cet étrange panégyrique, regardé par La Harpe « comme un monument de dé- « mence 'dont il n'y a point d'exemple », contenoit dans le principe et en propres termes, à propos de l'un des cantiques de Pompignan, l'observation suivante, qui depuis a été retranchée, et qui effectivement n'annonçoit pas une tête bien saine : « Le « lecteur à qui les larmes ne viendront pas aux yeux « après ces vers, ne doit pleurer que d'un coup de « poing ». Cependant ces poésies ne méritoient pas une réprobation absolue ; quelques unes d'entre elles ont même obtenu le suffrage des connoisseurs,

___

(1) Ami intime de l'auteur, et pere du comte de Mirabeau, député du tiers-état aux états-généraux de 1789.

et réalisé en grande partie les espérances qu'avoit données le début de Pompignan sur le Parnasse.

Lors de ce début, Voltaire étoit déja le dieu du goût et l'écrivain de la raison ; le monde étoit rempli de son nom et de ses ouvrages. Ce génie, vaste et hardi, « dont l'entrée dans le pays des arts avoit « été une invasion, et qui avoit embrassé à la fois « l'épopée, le drame, la philosophie, et l'his- « toire (1) », avoit, à cette époque, enrichi la littérature d'une partie des immortels chefs - d'œuvre qui lui ont assigné un rang à part parmi les hommes qui font le plus d'honneur à l'esprit humain. Presque tous les gens de lettres ambitionnoient le suffrage de ce mortel privilégié qui donnoit le ton à son siecle, et qui étoit digne de le lui donner, puisqu'en sa qualité de premier des êtres pensants, il en étoit l'ornement et la gloire. Comme tant d'autres, Pompignan fit hommage de ses écrits à Voltaire, qui, sensible à cette déférence, lui envoya aussi les siens. Dans une épître au marquis de Mirabeau, publiée en 1739, et dont je n'ai conservé qu'un fragment, Pompignan inséra même ces vers aussi honorables pour lui que pour le chantre de Henri IV :

Lis, admire tout haut Virgile, Homere, Horace,
Et ceux qui, parmi nous, ont marché sur leur trace.

---

(1) Propres expressions de La Harpe.

Qui se forme sur eux peut seul les égaler.
Eux seuls t'enseigneront l'art de leur ressembler ;
Eux seuls font leurs pareils. Crois-moi , sans l'Iliade,
Nous aurions Alaric, mais non la Henriade.

L'auteur de Zaïre répondit aux avances de l'auteur de Didon avec toute l'effusion de l'estime et de l'amitié, et d'une manière d'autant plus obligeante, que des réflexions critiques accompagnoient ses éloges. Deux lettres charmantes de Voltaire à Pompignan (1), imprimées dans la correspondance générale du premier, constatent leurs liaisons amicales et littéraires. Hélas ! ces liaisons devoient être, vingt ans plus tard, rompues pour toujours par des débats que, pour l'honneur des lettres, j'aurois voulu passer sous silence ; mais comment parler de Pompignan, sans parler de ses torts envers Voltaire ? C'est dire assez que, malgré ma qualité d'éditeur, je ne chercherai pas à dissimuler ce qui n'est que trop réel. « On doit des égards aux vivants ; « on ne doit aux morts que la vérité. »

En 1759, les portes de l'Académie françoise s'ouvrirent pour Pompignan. Lors de sa réception, qui eut lieu le 10 mars 1760, il prononça un discours qui attaquoit sans aucun ménagement la philosophie moderne, et qui accusoit même cette philosophie, professée par la plus grande partie des aca-

---

(1) Des 30 octobre 1738 et 14 avril 1739.

démiciens, *de saper également le trône et l'autel*. Ce discours, bien étrange dans la bouche d'un récipiendaire, et dans lequel, dit La Harpe (1), « Pompignan, « âgé de plus de cinquante ans, eut l'imprudence fort « extraordinaire de parler en ennemi aux gens de « lettres dans le moment où ils le recevoient chez « eux, et à une époque où ils étoient fort mal avec « la cour », suscita contre son auteur un dénigrement universel. L'orateur n'avoit en effet aucun caractere, aucune mission qui pût justifier ou même lui faire pardonner l'inconséquence de sa démarche ; et il faut bien croire qu'il s'étoit gravement trompé, puisque M. le cardinal Maury, son successeur au fauteuil académique, a lui-même appelé cette agression *une erreur inexcusable.* Louis XV en avoit porté un jugement à peu près pareil. On n'a pas oublié le mot judicieux de ce prince : « M. de « Pompignan est un parfait honnête homme, mais « on n'entre pas chez les gens pour leur dire des in- « jures ». La saine partie du public avoit absolument pensé comme le monarque.

On eût dit qu'une malheureuse destinée étoit attachée à la place que Pompignan venoit occuper. C'étoit celle de Maupertuis, persécuteur du savant Kœnig, et, pour raison de cette persécution, si plaisamment désolé par les sarcasmes de Voltaire.

---

(1) Correspondance littéraire.

Celui-ci, que Pompignan avoit « très clairement et
« très injurieusement désigné dans son discours,
« dit, encore La Harpe, et qui étoit l'homme du
« monde qui supportoit le moins une offense, et
« qui manioit le mieux l'arme du ridicule », ne par-
donna point un outrage qui dut lui-être d'autant
plus sensible que, loin de se l'être attiré, il avoit
antérieurement montré beaucoup de bienveillance
pour l'offenseur. Aussi le nouvel académicien de-
vint-il l'objet d'une foule de pamphlets satiriques
lancés du fond de l'arsenal de Ferney (1).

Si on s'en rapporte à La Harpe, ces pamphlets
sont « ce que Voltaire a fait de meilleur et de plus
« gai en ce genre, parcequ'il n'y passe guere les
« bornes de la satire littéraire ». Suivant M. Palissot, au contraire, « ils décèlent trop visiblement la
« passion ». Si j'osois émettre une opinion, quand
deux littérateurs d'un aussi grand poids ont pro-

(1) Son frere, Jean-Georges Le Franc, alors évêque
du Puy, ensuite archevêque de Vienne, et premier au-
mônier de Louis XV, avoit, à la même époque, combattu les philosophes dans des mandements et dans des
instructions pastorales, et fut aussi l'objet de quelques
brochures de Voltaire. Député par la province du Dau-
phiné aux états-généraux de 1789, il conduisit, le 20
juin, la majorité du clergé dans la chambre du tiers-
état. Peu de temps après, il entra au conseil et devint
ministre de la feuille des bénéfices. Il mourut à Paris
le 29 décembre 1790, âgé de 75 ans.

noncé, je dirois que les plaisanteries peut-être trop
réitérées de Voltaire sur Pompignan ne sont pas
toutes d'un égal mérite, mais que pourtant, et à
tout prendre, ce ne sont que des plaisanteries,
excitées d'ailleurs par une injuste provocation. En
effet, sans respect pour ses anciennes liaisons avec
Voltaire, oubliant tout à coup les marques d'estime
et d'affection qu'il en avoit reçues, foulant aux
pieds tous les égards que son admission à l'Académie lui prescrivoit envers le plus célèbre de ses
membres, Pompignan l'avoit dépeint dans son discours sous des couleurs propres à le rendre odieux
à l'autorité alors très prévenue contre les gens de
lettres. Il lui avoit reproché, sans le nommer,
il est vrai, mais de façon qu'on ne pouvoit s'y
méprendre, d'avoir introduit « dans l'histoire,
« des faits malignement déguisés, des anecdotes
« imaginaires, des traits satiriques contre les choses
« les plus saintes, ET CONTRE LES MAXIMES LES PLUS
« SAINES DU GOUVERNEMENT, etc. etc. ». Ce reproche,
aussi injurieux que grave (1), qui transformoit

---

(1) L'injustice en est démontrée dans une note que
j'ai placée page 222 du second volume de cette édition,
et à laquelle on peut ajouter le passage suivant qui la
complete, et que j'extrais du Génie du Christianisme.
« Voltaire, malgré ses imperfections, dit le pieux au-
« teur de cet ouvrage, est peut-être encore, après Bos-
« suet, le premier historien de France ». Le Discours
de Bossuet sur l'Histoire universelle est sans doute un

l'auteur de l'Essai sur les mœurs et l'esprit des nations, tont à la fois *en un imposteur, un impie, et un séditieux ;* ce reproche, qui, dans la bouche d'un ancien magistrat, et vu la solennité de l'assemblée devant laquelle il avoit été articulé, devenoit une véritable dénonciation, rend fort excusable, à mes yeux du moins, la vengeance que Voltaire en a tirée. Il l'a dit lui-même : « S'il est mal de « commencer la guerre, il est très pardonnable de « se défendre, et l'homme est fait de façon qu'il « n'aime point du tout à être vilipendé et vexé ». D'ailleurs Voltaire étoit alors retiré à Ferney, et l'attaquer ainsi en son absence, dans le sein même de l'Académie, et devant un public nombreux et choisi, ce n'étoit pas faire preuve de générosité. Sans doute il eût été plus digne de lui de ne se venger que par le silence du procédé peu fraternel de son nouveau confrere ; mais ceux qui seroient disposés à blâmer les représailles dont il usa dans cette circonstance (car ici, comme dans toutes les autres querelles où ses ennemis parvinrent à l'engager, il ne fut pas l'agresseur) sont-ils bien sûrs

écrit très éloquent ; mais comme cet immortel prélat, ainsi que d'excellents esprits, et notamment M. Palissot, l'ont remarqué, ne donne pour cause à toutes les grandes révolutions des empires que les desseins secrets de Dieu sur la nation juive, est-il bien judicieux, de la part de M. de Chateaubriaud, de le placer avant Voltaire, en qualité d'historien ?

I. b

qu'ils auroient montré autant de modération que lui, s'ils eussent été outragés d'une maniere aussi violente et aussi publique?

Pompignan qui, selon Voltaire et La Harpe, avoit fait cette levée de bouclier, dans l'espoir, qui ne se réalisa point, d'être chargé, concurremment avec son frere l'archevêque, de l'éducation des enfants de France, répondit par une petite brochure au premier des pamphlets (1) de l'illustre écrivain qu'il venoit d'offenser. Au tort d'avoir été l'agresseur, il ajouta celui de se rendre l'écho des injures et des calomnies que de vils libellistes ne cessoient de répandre contre ce grand homme, pour se venger de sa gloire. « Voltaire, est-il dit dans cette bro-« chure, s'est exilé de sa patrie, de peur d'en être « banni ; il est devenu très opulent par la ruine de « ses libraires ; en matiere d'impiété, comme sur « tout autre objet, il n'a aucuns principes ; toute « sa vie il a fait tout ce qu'il a pu pour tourner en « ridicule ce que la morale a de plus certain ; c'est « un poëte célebre, mais un auteur bassement ja-« loux. Son cœur est si pervers qu'avec tout l'esprit « du monde, il ne pourra jamais parvenir à se mas-« quer, etc. etc. (2) » Pompignan appuya cette dia-

---

(1) Les Quand et les Si.

(2) Cette brochure a pour titre : « Les huit Quand, en « maniere des huit Quand de M. de Voltaire, ou Lettre « d'un apprentif bel-esprit qui ne manque pas de sens

tribe, indigne de lui, d'un mémoire qu'il présenta
au roi, pour justifier son discours et pour fixer
sans doute plus particulièrement l'attention du monarque sur la dénonciation que ce discours renfer-
moit. Ce mémoire dans lequel Voltaire est encore
appelé « écrivain bas et jaloux », et en outre traité
« d'homme méchant et de calomniateur qui exhale
« tout ce que l'envie et l'imposture ont de plus
« noir, et qui fait éclater son mécontentement par
« des cris de rage et de fureur » ; ce mémoire où
Pompignan, loin de se rétracter, comme il le
devoit peut-être, soutient au contraire expressé-
ment que « ce qu'il a dit, il a dû le dire devant
« l'Académie » ; ce mémoire où il en appelle un peu
trop emphatiquement « à tout l'univers », et où il
prétend enfin que « ces sortes de discussions », qu'il

« commun à M. son père, pour lui donner bonne opi-
« nion de lui. Toulouse, 23 avril 1760 ». Elle est sans
nom d'auteur, mais nul doute qu'elle ne soit de Pompignan. 1°. Elle est inscrite comme étant de lui sur la liste
de ceux de ses ouvrages qui sont à la bibliothèque im-
périale où je l'ai trouvée. 2°. Elle renferme une réponse
directe aux Quand de Voltaire contre lui, et il seroit
bien extraordinaire qu'un tiers eût pris aussi violem-
ment sa défense, eût-il même été son ami intime.
3°. L'auteur, tout en gardant l'anonyme, a eu soin de se
désigner dans un avant-propos de maniere qu'on vît
bien que c'étoit Pompignan lui-même.

Et fugit ad salices, et se cupit antè videri.

avoit cependant provoquées , « sont indignes de
« sa naissance et de son état », ne produisit d'autre
effet que de lui attirer de nouvelles railleries de la
part de son adversaire. Voltaire fit à cette occasion
la satire qu'il a intitulée la Vanité, et qui finit par
ces deux vers dont Pompignan (1) eut la mortifi-
cation d'entendre répéter le dernier par le dau-
phin (2) un jour qu'il se retiroit de chez ce prince
à qui il étoit venu faire sa cour :

> César n'a point d'asile où son ombre repose ,
> Et l'ami Pompignan pense être quelque chose !

Quoi qu'il en soit, si Pompignan eut le tort im-
pardonnable de commencer les hostilités , ce tort
consistoit plutôt dans la forme que dans le fond
même de ses attaques ; c'est ce qui résulte des faits.
Les philosophes du dix-huitieme siecle, que l'équitable postérité ne confondra jamais avec les so-
phistes , les énergumenes, et les charlatans de philosophie, desiroient de grandes réformes , et, quoi
qu'en puissent dire l'entêtement et la mauvaise foi ,
il y en avoit certainement beaucoup de commandées
par la raison et par la justice. Tout ce qui nous environne aujourd'hui en est la preuve (3) : mais les

---

(1) Suivant La Harpe et Condorcet.
(2) Pere de Louis XVI.
(3) L'abolition de la féodalité , des priviléges des
provinces, de la vénalité des charges, des vœux monas-

catastrophes qui ont ensanglanté la révolution étoient si loin de la pensée de ces écrivains recommandables, que plusieurs de leurs disciples les plus distingués en ont été les victimes. Attribuer ces catastrophes à leur doctrine seroit donc tout aussi absurde que d'attribuer, par exemple, le massacre de la S.-Barthélemy à la religion catholique, qui pourtant en fut le prétexte. Toutefois, comme les maximes philosophiques mal entendues, ou plutôt dénaturées par des forcénés qui n'étoient pas plus des philosophes que des fanatiques ne sont des chrétiens, ont failli causer la ruine de la patrie, il faut avouer que l'accusation, énoncée dans le discours de Pompignan, ne reposoit pas à beaucoup près sur des chimères. Il voyoit dans la philosophie moderne l'abus qu'on pouvoit en faire (car de quoi n'abuse-t-on pas?) et une cruelle expérience a con-

---

tiques; la réformation des lois civiles et criminelles, l'établissement d'un code, d'un poids et d'une mesure uniformes, l'égalité dans la répartition de l'impôt, la tolérance religieuse, la liberté de conscience, etc. etc. Ces changements, tous dictés par la sagesse, et déja consacrés par le temps, sont dus aux philosophes, et sur-tout à Voltaire, qui n'a cessé de les demander qu'en cessant de vivre. « On ne peut, dit M. Palissot, lui dis-« puter la gloire d'avoir préparé, non pas les scenes « sanglantes auxquelles les révolutions dont nous avons « été les témoins ont donné lieu, et qu'il eût détestées « autant que nous les détestons, mais ce que la raison « peut en avouer et ce qui subsiste. »

c. b.

staté qu'il voyoit bien ; mais il n'en est pas moins vrai qu'il ne devoit pas lancer publiquement en pleine académie une dénonciation qui appeloit en quelque sorte l'anathême de l'autorité sur la plupart de ceux qui venoient de l'admettre dans leur sein. C'étoit blesser toutes les convenances ; *non erat his locus.* Il eut le bon esprit de le sentir lui-même, car il fit, dit-on, de franches exhortations à la paix, qui ne furent pas écoutées. Les pamphlets continuerent. Aussi le ressentiment échauffa-t-il sa verve. Il publia contre la calomnie un discours en vers, tiré en partie *de différents chapitres des Proverbes de Salomon.* Ce discours, remarquable par un ton de véhémence qui n'est pas ordinaire à Pompignan, renferme malheureusement des personnalités qu'on est bien étonné de trouver dans un morceau que l'auteur a mis au rang de ses *Poésies sacrées.* Le philosophe de Ferney y est désigné « comme un « homme sans foi et sans pudeur, qui ne connoît ni « joug, ni frein, ni loi; comme un démon d'enfer, « un tigre, et un forcené, qui a la rage dans le cœur « et un poignard dans les mains; enfin comme un « serpent orgueilleux, qui, du venin qu'il répand, « forme d'autres monstres qui le suivent dans les « marais,

« Sifflent quand il l'ordonne, et de leur fange impure
« Exhalent avec lui des torrents d'imposture. »

Pompignan pouvoit-il se faire illusion, au point de

se persuader que, lorsqu'il trempoit ainsi ses pinceaux dans le fiel, il traçoit un portrait ressemblant?

En outre, s'il faut en croire La Harpe, l'opéra que Pompignan a intitulé Prométhée, ne seroit qu'une satire contre Voltaire. Il y est représenté, dit-il, sous le nom de Prométhée qui a enseigné les arts aux hommes, mais qui les a corrompus, en leur apprenant à mépriser les dieux (1). C'est

---

(1) Il ne falloit pas, même dans une allégorie, imputer à Voltaire une faute dont il ne s'est jamais rendu coupable. Nulle part, en effet, il n'a appris aux hommes à mépriser Dieu. Au contraire, peu d'écrivains ont parlé de la Divinité avec plus de respect; il a même fait une guerre constante à l'athéisme. « La persuasion de « l'existence d'un Dieu rémunérateur et vengeur, et de « sa justice miséricordieuse, dit-il dans une homélie « contre l'athéisme, est un principe nécessaire à la con- « servation de l'espece humaine..... L'athéisme doit « porter à tous les crimes dans les orages de la vie pu- « blique..... Des athées qui auroient en main le pouvoir « seroient aussi funestes au genre humain que des su- « perstitieux ». N'est-ce pas encore Voltaire qui a dit :

L'univers m'embarrasse, et je ne puis songer
Que cette horloge existe et n'ait point d'horloger.

N'est-ce pas lui encore qui a fait ce vers d'inspiration qui ne pouvoit sortir que d'un cœur profondément convaincu de la nécessité de reconnoître et d'adorer un être suprême :

Si Dieu n'existoit pas, il faudrait l'inventer.

N'est-il pas aussi l'auteur de cette belle priere qui ter-

peut-être la première fois, ajoûte La Harpe, que la
satire est entrée dans un opéra. Pompignan, si
son Prométhée étoit réellement une satire contre
son ennemi, observa du moins alors quelque re-
tenue, puisqu'il se servit du vôile de l'allégorie ;
mais il s'affranchit de nouveau de toutes réserves
dans une note qui accompagne une épître au pape

---

mine son poëme de la Loi naturelle, et où, parlant en
son propre nom, il a rendu à la Divinité le plus touchant comme le plus sublime des hommages :

> O Dieu qu'on méconnoît, ô Dieu que tout annonce,
> Entends les derniers mots que ma bouche prononce.
> Si je me suis trompé, c'est en cherchant ta loi ;
> Mon cœur peut s'égarer, mais il est plein de toi.
> Je vois sans m'alarmer l'Eternité paraître,
> Et je ne puis songer qu'un Dieu qui m'a fait naître,
> Qu'un Dieu qui sur mes jours versa tant de bienfaits,
> Quand mes jours sont éteints, me tourmente à jamais.

« Voltaire, dit M. de Fontanes, conserva le dogme
« sacré d'un Dieu rémunérateur et vengeur. Il détesta
« l'athéisme jusqu'au dernier moment. Il ne pouvoit
« souffrir ces systèmes violents qui ébranlent toutes les
« bases de la propriété et des empires. »

« On ne doit dissimuler, dit M. Palissot, ni la haine
« profonde de Voltaire pour le fanatisme, ni son pro-
« fond mépris pour la superstition et pour les vaines
« disputes de théologie. Maintenant il jouit du privilége
« des morts. On ne s'informe pas si Platon ou Cicéron
« ont été dévots, mais s'ils ont agrandi la sphere des
« idées humaines. »

Clément XIII (1); Voltaire y est qualifié « d'igno-
« rant et d'auteur d'une foule de productions
« pleines de mensonges, de sottises, de blas-
« phèmes, et d'obscénités ». Et voilà jusqu'à quel
excès d'injustice, on pourroit même dire d'in-
décence, une fausse démarche, qui avoit fini par
produire une animosité personnelle, fit descendre
un homme d'ailleurs aussi estimable que Pompignan. Déplorons les passions humaines.

Dans la plus grande chaleur de leurs débats (les
notes de ses satires du Pauvre Diable et de la Vanité
en font foi); Voltaire avouoit encore que Pompignan étoit *un homme de mérite* (2). Mais celui-ci,
une fois qu'il se fut brouillé avec Voltaire, n'en
parla plus nulle part avec estime.

Fatigué de tous ces démêlés qui avoient troublé
son repos, et qui, selon La Harpe, nuisirent, par
le zèle tout au moins imprudent qu'il y déploya, à
la cause qu'il avoit voulu défendre, Pompignan
abandonna encore une fois la capitale où sa nomi-
nation à l'Académie l'avoit fait reparoître; il rentra
pour toujours dans sa retraite chérie. Les charmes
de la solitude, la pratique constante de toutes les
vertus, et l'étude, le consolerent de ses disgraces.

Le 4 novembre 1784, après une maladie dont
les suites furent une longue enfance, il mou-

_____

(1) Cette note existe p. 42 du t. second de cette édition.
(2) Voyez en outre ma note, p. 198 de ce volume.

rut d'apoplexie, à l'âge de soixante-quinze ans, emportant au tombeau l'estime, l'affection, et les regrets de ses concitoyens.

L'académie de Montauban acquitta la reconnoissance qu'elle devoit à son fondateur, en faisant, de son éloge, l'objet d'un concours académique, dont le prix a été décerné à M. de Reganhac en 1787.

Quelques mois avant la mort de Pompignan, ses poésies et ses ouvrages mêlés de prose et de vers avoient été recueillis et publiés (1) par les soins de son ami le marquis de Mirabeau. Pour réunir la collection complète de ses œuvres, il faut joindre à cette édition celle de 1753 (2), qui renferme plusieurs morceaux qu'on ne retrouve pas dans l'autre; sa traduction d'Eschyle, publiée en 1770; deux volumes de mélanges de traductions mis au jour en 1779, et en outre les pieces suivantes qu'il a données séparément, et qui sont : une Lettre au marquis de Néelle sur la tragédie de Didon; une Lettre à Louis Racine, plusieurs fois réimprimée et contenant une dissertation sur le théâtre en général, et sur les tragédies de Jean Racine en particulier; un Eloge du duc de Bourgogne, mort en 1760, âgé de neuf ans; des Conjectures sur le temps où une partie du Rouergue fut unie et incorporée

_____

(1) En 4 vol. in-8°.
(2) C'est la troisieme; celle de 1784 est la quatrieme et la derniere.

à la province narbonnoise; le Discours sur l'intérêt public qui fit exiler l'auteur à Aurillac; des Remontrances à l'autorité au nom de la cour de justice qu'il présidoit; des Essais sur les vingtiemes, les biens nobles, et les inconvénients de la corvée; un Écrit relatif à la révolution que les parlements éprouverent en 1771; une Lettre au chancelier au sujet de l'exil de deux magistrats; le Discours de réception à l'Académie; le pamphlet intitulé les Huit Quand, et enfin le Mémoire au roi au sujet de ce discours.

La Harpe, qui, dans son Cours de littérature, s'est livré à un examen assez étendu des poésies de Pompignan, résume en ces termes son opinion sur cet écrivain:

« Malgré ce qui lui a manqué, il conservera en
« plus d'un genre des titres à l'estime de la posté-
« rité. Il y auroit un service à lui rendre, comme à
« beaucoup d'autres auteurs qui ont comme ense-
« veli ce qu'ils ont fait de bon dans de volumi-
« neuses collections où peu de gens vont le cher-
« cher. On pourroit faire deux volumes de sa Didon,
« qui ne se lit pas sans quelque plaisir, d'un choix
« de ses odes, de son petit ouvrage sur le Nectar et
« l'Ambrosie, mêlé de prose et de vers, et de sa
« traduction des tragédies d'Eschyle. On fera plus
« de bien aujourd'hui, en diminuant le nombre des
« livres, qu'en cherchant à l'augmenter; cette nou-
« velle spéculation pourroit n'en pas être une de

« librairie; mais c'en seroit une de goût et d'uti-
« lité. »

C'est précisément à cette honorable spéculation
que MM. Didot se livrent depuis quelques années,
en donnant la collection stéréotype des œuvres
choisies de nos auteurs dramatiques du second
ordre.

A l'égard de Pompignan, j'ai suivi avec confiance les indications de La Harpe, sauf quelques
modifications qui m'ont paru nécessaires.

Par exemple, j'ai pensé que la traduction des tragédies d'Eschyle, tout élégante qu'elle est, ne devoit pas entrer dans un choix de Pompignan,
d'abord parceque la traduction d'un poëte, sur-
tout lorsqu'elle n'est qu'en prose, n'a aucun
des caracteres d'une création originale qui peut
seule constituer aux yeux de la postérité des titres
littéraires à son auteur; ensuite parceque, depuis
Pompignan, M. Dutheil a donné une traduction
d'Eschyle que nos hellénistes regardent comme bien
supérieure sous le rapport de la fidélité. La Harpe
convient lui-même que M. Dutheil a, beaucoup
mieux que Pompignan, saisi la maniere du poëte
grec.

A plus forte raison je n'ai point admis la traduction de quelques dialogues de Lucien, dont nous
avons une traduction complete et très estimée par
l'abbé Massieu, et une meilleure encore par M. Be-
lin de Ballu; ni les traductions en prose de divers

ouvrages grecs, latins, italiens, et anglois, qui
au reste sont pour la plupart d'un intérêt très
médiocre.

J'ai aussi rejeté l'Eloge du duc de Bourgogne;
ce n'est pas qu'il ne soit intéressant dans quelques
unes de ses parties; mais dans presque toutes les
autres il n'offre qu'une déclamation anti-philoso-
phique; et d'ailleurs cette oraison funebre d'un
prince, mort à l'âge de neuf ans, m'a paru beaucoup trop étendue; elle est plus longue que celle
du grand Condé par Bossuet.

Des divers morceaux de prose ou de prose mêlée
de vers que renferme la collection de Pompignan,
j'ai conservé:

Le Voyage de Languedoc et de Provence : si ce
voyage, dont il existe de nombreuses éditions, n'a
pas, comme on l'a déjà observé plusieurs fois, la
grace, l'heureuse négligence, l'abandon de celui de
Chapelle et Bachaumont, on y trouve des aperçus
très fins. L'épigramme y est légere et spirituelle;
elle frappe au but, sans jamais blesser les convenances; le style se distingue par sa correction, souvent même par son élégance;

L'Essai sur le nectar et l'ambrosie : cet opus-
cule où l'auteur sous la forme d'un agréable badinage, a déployé un grand fonds d'érudition mythologique, dont une dissertation italienne de l'abbé
Venuti lui a fourni presque tous les matériaux, est
peut-être, malgré les emprunts que, de son propre

I.   c

aveu, il a faits à cette dissertation, ce que sa plume a produit de plus original;

Un petit Traité sur le théâtre grec, imprimé sous le titre modeste d'Avertissement, en tête de la traduction d'Eschyle;

La vie de ce poëte;

La Lettre à Louis Racine: la premiere partie de cette lettre paroîtra d'une morale bien austere à quelques lecteurs; mais ils ne doivent pas perdre de vue que c'est le pieux Pompignan qui écrit à l'auteur du poëme de la Religion. La seconde partie est d'une littérature saine et bien approfondie;

Et enfin le Discours de l'auteur, lorsqu'il vint prendre place à l'Académie (1).

J'ai fait dans les poésies de Pompignan des sacrifices aussi nombreux que dans sa prose.

Ses six opéra ou ballets héroïques, dont deux seulement ont été représentés, ne reparoissent pas dans mon édition. Cinq de ces ouvrages, auxquels on ne peut contester un certain mérite de versification, ne peuvent néanmoins se lire sans un mortel ennui. Le sixieme, intitulé le Triomphe de l'harmonie, me sembloit d'abord digne d'être excepté

---

(1) Ce Discours et le Mémoire au Roi n'existent point dans la collection des œuvres de Pompignan, qui avoit, selon toute apparence, fini par les sacrifier à la paix. J'ai laissé de côté le Mémoire au Roi, qui n'est qu'une justification un peu prolixe du Discours, et qui en est même très souvent la répétition.

de la proscription, à cause de l'extrême pureté, et même de la noblesse du style; mais les quatre entrées dont il est composé, reproduisent successivement, et presque sans nuances nouvelles, les mêmes situations et les mêmes résultats ; et cette absence d'imagination dramatique m'a déterminé à le supprimer.

Malgré de jolis détails et une versification facile, j'ai écarté le petit acte des Adieux de Mars. Il appartient à un genre essentiellement froid , puisque le sujet est en même temps mythologique et allégorique.

J'ai donc réduit toutes les productions dramatiques de Pompignan à sa Didon. Cet ouvrage le distinguera toujours, ainsi que l'a dit M. Palissot, du vulgaire des poëtes qui se sont exercés sur la scene Françoise.

La traduction en vers du sixieme livre de l'Enéide, qui n'est qu'une étude foible et incomplete sur Virgile, n'avoit aucun droit à être conservée.

La traduction, aussi en vers, des Géorgiques, dans laquelle Pompignan est au-dessous de lui-même, ne pouvoit non plus trouver place dans mon travail, même par fragments, à moins que je n'eusse voulu, en provoquant les comparaisons, faire mieux sentir le talent supérieur que Jacques Delille a déployé dans la sienne. C'eût été rendre au dernier un hommage superflu, et un très mauvais service à l'autre.

Les poésies sacrées de Pompignan, si connues par ces vers de Voltaire :

Tenez, prenez mes cantiques sacrés :
Sacrés ils sont, car personne n'y touche ;

trait de satire qui, « lancé par une main ennemie, « dit La Harpe, n'est ni le jugement de la raison, « ni la condamnation du talent », forment, dans l'édition de 1784, un volume entier de psaumes, de prophéties, de cantiques traduits, d'hymnes originaux et de discours plutôt imités que littéralement traduits des livres de la Sagesse.

Je n'ai pris dans ce volume que quatre psaumes ou odes, dont la dernière a même essuyé des coupures ; six cantiques, onze prophéties, six discours philosophiques, dans quelques uns desquels j'ai fait des retranchements ; plus quelques strophes et quelques fragments qui ne méritoient pas de rester dans l'oubli.

Ceux qui seroient tentés de m'accuser de sévérité peuvent consulter La Harpe ; ils verront que j'ai été plus indulgent que lui.

Les odes profanes de Pompignan consistent en productions originales et en traductions.

Aucune des odes traduites de Pindare n'est conservée. Outre le défaut de verve et d'élan qui rend ces versions pénibles, froides, et sans couleur, j'ai pensé que ces odes, toutes adressées à des vainqueurs aux jeux olympiques, et dont le fond roule presque toujours sur des données assez obscures de mythologie, offriroient un bien foible attrait à la plupart des lecteurs qui, comme moi, ont le malheur de ne pas être des érudits.

Quant aux odes traduites d'Horace, à l'exception d'une seule, à laquelle j'ai fait grace, toutes pechent également par l'absence de talent poétique.

Les odes originales, dont une sur la mort de J.-B. Rousseau est regardée comme un chef-d'œuvre, malgré ses inégalités, reparoissent dans l'édition choisie au nombre de huit seulement, avec quelques strophes qui font partie d'odes supprimées.

Enfin on trouvera, sous le titre de Poésies diverses, la traduction libre des vers dorés des Pythagoriciens, qu'on a appelés le Code de la Sagesse rédigé par les Muses; la traduction de la touchante élégie d'Ovide sur son départ de Rome; la traduction de la prière universelle de Pope, pièce dont Voltaire feignoit malicieusement d'être scandalisé, et que, malgré les explications du traducteur, il s'obstinoit à lui reprocher comme une impiété; d'aimables vers de l'auteur sur le portrait de son épouse; quatre épitres, dont l'une est entièrement dirigée contre l'esprit du dix-huitieme siecle; des fragments d'épitres du même genre que cette derniere, et enfin des extraits de la traduction, ou plutôt de l'imitation que l'auteur a faite en vers de la première partie du poëme d'Hésiode, qui a pour titre : les Travaux et les jours.

c.

Après avoir ainsi rendu compte de mon travail, je crois d'autant plus à propos de jeter un coup d'œil rapide sur l'écrivain qui en a fourni la matiere, qu'il a laissé des traces assez durables de son passage dans la poésie et la littérature du dernier siecle.

Comme poëte, considéré dans l'ensemble de ses ouvrages, Pompignan, nourri de la lecture des livres saints, familiarisé avec les chefs-d'œuvre des auteurs grecs et latins, et, par une conséquence naturelle, admirateur aussi sincere que réfléchi de nos grands poëtes du dix-septieme siecle, a marché sur les pas de ces derniers modeles, et il appartient à leur école. On retrouve chez lui la raison sévere qui présidoit à leurs conceptions, le goût du simple et du vrai, c'est-à-dire du beau par excellence qui caractérise leurs écrits ; on y reconnoît même leur correction soignée, et jusqu'au mécanisme de leur versification. Cependant, quoique leur disciple et leur imitateur, il n'est pas, à beaucoup près, leur émule. Il ne possede pas l'art d'enchaîner et de dérouler, comme eux, ses idées sans saccades, sans lacunes, et sans redondances. Il n'a pas non plus leur aisance, leur nombre, et leur oreille savante dans la tournure et l'arrangement de la phrase métrique ; enfin il lui manque leur chaleur douce et leur suave coloris.

Sans doute sa Didon lui fait honneur ; le plan de cette tragédie est devenu sous sa plume, avec le secours de Métastase, aussi dramatique qu'il pouvoit l'être; à quelques taches près, le style est pur, même élégant, mais souvent on y desireroit plus de force. La foiblesse du poëte françois se fait sur-tout sentir dans les endroits qu'il a traduits de Virgile.

Dans la plupart de ses odes sacrées, Pompignan manque d'enthousiasme et d'onction. Ce n'est que dans quelques unes qu'il s'est élevé à la hauteur du style des prophetes, et plus rarement encore il est parvenu à s'approprier ce que La Harpe appelle *l'huile des livres saints*.

Dans ses poésies philosophiques, l'expression n'a pas toujours cette précision et cette vigueur qui donnent *de la couleur et du corps* à la pensée.

En résumé, Pompignan peche généralement par un défaut contraire à celui qu'on reproche à notre moderne école poétique. Celle-ci ne pense pas très profondément, mais elle colorie beaucoup; Pompignan pense beaucoup, pense souvent juste, mais il ne colorie pas toujours assez.

Ces défauts, très graves en poésie, seront sans doute bien moins sensibles dans mon édition abrégée, qu'ils ne le sont dans la collection complete; j'ose même me flatter qu'on les apercevra très peu dans la plupart des odes, soit sacrées, soit profanes, que j'ai conservées. On en lira plusieurs où Pompignan déploie, dans les termes ainsi que dans les idées, toute la magnificence lyrique; d'autres

où les nudités naïves de la Bible sont couvertes avec
un art d'autant plus admirable qu'il n'ôte rien à
l'énergie des tableaux. Quelques unes, qui sont
plutôt des stances que des odes, se recommandent
du moins par des pensées ou vertueuses ou touchantes, quelquefois par l'élégance et par la sou-
plesse du style. Beaucoup de tirades de ses poésies
philosophiques gravent dans la mémoire de grandes
idées morales à la faveur de la justesse nerveuse de
l'expression. D'autres passages, eu égard à l'époque
où Pompignan écrivoit, sont étonnants de perspi-
cacité prophétique ; là d'ailleurs l'excellence du
fond compense ce que la forme laisse à desirer.

C'est le sens de la réponse que Pompignan, cette
fois trop modeste, fit à un homme de qualité connu
des gens de lettres par son attachement pour Voltaire. Il est fâcheux, lui disoit cet homme de qualité, que la plupart des productions de votre muse ne
roulent que sur des sujets sacrés ou pieusement
moraux pour lesquels on a aujourd'hui si peu de
goût. « Je sais, lui répondit le sévere Pompignan,
« que mes vers seroient plus recherchés, s'ils flat-
« toient les opinions accréditées : mais, quoi qu'en
« disent les plaisants du siecle, il vaut encore mieux
« risquer d'*ennuyer* son prochain que de lui gâter
« le cœur et l'esprit. » (1)

----

(1) Pourquoi donc les gens du monde ne liroient-ils
pas avec plaisir des poésies sacrées ou pieusement mo-

Considéré comme littérateur, Pompignan joint à un goût sûr, à un jugement sain, des connoissances très étendues, et possede bien les matieres qu'il livre à ses discussions; on voit qu'il a puisé ses lumieres dans l'étude opiniâtre et réfléchie des meilleurs modeles.

La Harpe n'a pas dédaigné de le mettre à contribution. En parlant d'Eschyle, dans son Examen du théâtre grec (tome premier du Cours de littérature), il s'est emparé de son travail pour le fondre dans le sien; souvent même il l'a copié mot à mot et sans le citer, non pas seulement quant aux dates et aux faits qui sont à tout le monde, mais quant aux recherches d'érudition qui sont la propriété de celui qui les a faites, et quant aux jugements qui appartiennent aussi à celui qui les a prononcés.

Au reste, cet emprunt doit plutôt être envisagé comme un hommage rendu à la littérature de Pompignan par le Quintilien françois, que comme la matière d'un grave reproche à faire à ce dernier. Il s'est permis cette espece de larcin suivant un

---

rales dans lesquelles l'auteur auroit fait preuve de talent, à peu près comme ils vont admirer dans les temples et dans les musées les tableaux où de grands maitres ont représenté des traits de l'histoire sainte? L'espece de discrédit où ces sortes de poésies sont tombées parmi nous vient uniquement de ce que la plupart de ceux de nos poëtes qui se sont exercés dans ce genre ont eu plus de piété que d'éloquence.

axiome de la république des lettres, qu'il a lui-même énoncé d'une maniere assez piquante dans sa jolie comédie de Moliere à la nouvelle salle:

Le Parnasse est comme le monde ;
On n'y permet qu'aux riches de voler.

Enfin, un dernier point de vue sous lequel Pompignan se présente avec un grand avantage, c'est l'accord intime de ses écrits avec ses pensées, et de la morale de ses ouvrages avec la conduite de sa vie entiere (1).

S'il essaie de manier, après Racine et Rousseau, la lyre de David et celle des autres prophetes, ce n'est pas seulement le poëte qui veut faire preuve de talent dans l'exploitation d'une mine aussi féconde que la Bible en beautés originales, c'est encore le chrétien qui fortifie sa foi, en appliquant ses études à l'examen des titres primitifs de sa religion. S'il reproduit, dans ses discours philosophiques, la substance des livres de la Sagesse, c'est qu'il regarde ces livres, ainsi qu'il le dit lui-même, « comme le traité de morale le plus complet qui « soit entre les mains des hommes »; c'est qu'il croit utile d'opposer « ce trésor de pensées » à l'envahissement de ce qu'il appelle les erreurs contempo-

_____

(1) L'œil le plus sévere n'y voit en effet d'autre tache que la dénonciation inconsidérée que renferme son Discours à l'Académie, et l'opiniâtreté avec laquelle il y persista.

raines. Si, en cultivant d'autres genres de poésies, il vante, dans une de ses odes, le bonheur
de la vie champêtre, je le vois couler ses jours vertueux au milieu des tableaux que ses pinceaux
représentent, et je reconnois en lui le modele de
l'heureux agriculteur dont il trace l'intéressant
portrait.

Cette harmonie parfaite entre le cœur et l'esprit,
entre l'homme et l'écrivain, donne à Pompignan
une physionomie bien respectable, et lui conci-
liera dans tous les temps l'estime des ames honnêtes. Heureux si, dans ses combats contre les
hommes de son siecle dont les opinions lui parois-
soient dangereuses, il eût, au lieu du langage amer
et trop souvent injuste de la satire, fait entendre
les accents de cette douce, de cette indulgente modération qui s'insinue dans les cœurs, les persuade,
et les ramene! Dans de pareils débats, en effet, le
zele, quelque purs qu'en soient d'ailleurs les motifs,
doit avoir ses bornes. Utile et louable quand il
éclaire, il devient blâmable, et même il révolte
quand il insulte. Aussi Pompignan manqua-t-il
son but, en irritant presque toujours ceux qu'il
auroit voulu convaincre.

« Il eût des admirateurs, et il les mérita, dit
« le duc de Nivernois (1), mais il n'eut guère

_____

(1) Discours en réponse à celui du cardinal Maury,
quand il remplaça Pompignan à l'Académie.

« moins d'ennemis, et on lui reprocha de se les être
« attirés. Quoi qu'il en soit, il les auroit aisément
« regagnés, s'il leur avoit laissé le temps, s'il les
« avoit mis à portée de reconnoître, en le prati-
« quant, que la bonté de cœur et l'amour du vrai
« faisoient le fond de son caractere, si un naturel
« ardent et peu flexible ne lui avoit fait préférer le
« parti du schisme à celui de la tolérance et des mé-
« nagements. On n'en doit point aux vices, mais on
« en doit aux opinions et même aux erreurs, sur-
« tout lorsqu'on est sans mission pour les com-
« battre. Lors même qu'on est chargé par état de les
« attaquer, il est beau, il est sage, il est utile de ne
« faire jamais parler au zele que le langage de la
« charité, et de reprendre les hommes sans les ai-
« grir; si on les aigrit, on ne les corrige pas. La
« société repousse et la religion désavoue l'orateur
« chrétien qui, tenant en main le flambeau de la
« vérité, l'allume pour brûler et non pour éclairer.
« Heureux celui qui ne tonne que pour avertir, et
« qui n'aspire à des conquêtes que pour répandre
« la consolation et les bienfaits ! »

GOBET.

DIDON,

TRAGÉDIE EN CINQ ACTES.

1734.

PRÉFACE.

On a toujours regardé les amours de Didon et d'Énée comme une des plus belles inventions de Virgile. Le premier, et peut-être l'unique objet de ce poëte, étoit de flatter l'amour-propre de ses concitoyens, et sur-tout de l'empereur. Ainsi son héros ne descend aux Enfers que pour apprendre les noms et les exploits des fameux Romains qui doivent naître un jour sur la terre. Vénus ne lui donne un bouclier fait par Vulcain que pour y tracer à ses yeux la naissance et l'éducation miraculeuse de Romulus et de Rémus, la gloire de leurs descendants, leurs conquêtes, leurs divisions, leurs guerres civiles, la défaite d'Antoine, et ce magnifique triomphe d'Auguste, qui dura trois jours. Enfin, pour ne pas m'écarter de l'épisode qui fait le sujet de cette tragédie, quoi de plus ingénieux que de conduire le fondateur de la nation romaine chez la reine de Carthage ; d'inspirer à Didon un amour violent pour Énée ; d'arracher celui-ci aux charmes d'une passion incompatible avec sa gloire, et contraire aux ordres du Destin ; d'établir par cette fatale séparation la haine et la rivalité des deux peuples, et d'annoncer en même temps la supériorité des Romains sur les Carthaginois ?

Si cette partie de l'Énéide a dû être intéressante pour les compatriotes de Virgile, elle ne l'est guere moins pour ses lecteurs. C'est un prince échappé de l'incendie de Troie ; un héros que les Grecs poursuivent avec fureur, à qui les nations étrangeres re-

fusent même l'hospitalité ; qu'une tempête affreuse
a jeté sur les côtes d'Afrique, et qui se trouve lui-
même réduit à la derniere extrémité lorsque Vénus
l'envoie chez Didon. Cette princesse, aussi malheureuse que lui, persécutée par son frere, et tyranni-
sée par les rois ses voisins, sacrifie ses propres in-
térêts à son amour pour Enée. Elle lui offre sa
main avec sa couronne, et comble de bienfaits les
Troyens. Cependant les dieux lui enlevent ce qu'elle
a de plus cher. Son amant la quitte ; et cette reine
infortunée aime mieux mourir que de survivre à la
perte qu'elle vient de faire.

« En effet, dit Racine, nous n'avons rien de plus
touchant dans tous les poëtes que la séparation de
Didon et d'Enée dans Virgile. Et qui doute que ce
qui a pu fournir assez de matiere pour tout un chant
d'un poëme héroïque, où l'action dure plusieurs
jours, ne puisse suffire pour le sujet d'une tragédie, dont la durée ne doit être que de quelques
heures ? »

J'ai souvent été surpris que Racine ait donné la
préférence à Bérénice sur Didon. Ce dernier sujet,
bien plus théâtral que l'autre, auroit produit entre
les mains de ce grand homme une tragédie égale à
ses meilleurs poëmes. Il ne seroit point tombé dans
les fautes que j'ai faites, et auroit enchéri sur le
peu de beautés qu'on a daigné remarquer dans ma
piece.

Après avoir présenté le sujet de Didon par le
beau côté, en voici le vice et les inconvénients.
Didon, dans l'Enéide, se livre trop légérement à
son goût pour un étranger, qui n'est, à le suivre de

PRÉFACE.

que qu'un amant sans foi, qu'un prince foible,
qu'un dévot scrupuleux. J'ai dû nécessairement
abandonner Virgile dans le caractere de mon héros.
J'ai même osé donner des bornes à l'excessive piété
d'Énée. Je l'ai fait parler contre l'abus des oracles,
et l'impression dangereuse qu'ils font souvent sur
l'esprit des peuples. J'ai voulu qu'il fût religieux
sans superstition; qu'il agît toujours de bonne foi,
soit avec les Troyens, quand il veut demeurer à Carthage, soit avec Didon, quand il se dispose à la
quitter; en un mot, qu'il fût prince et honnête
homme.

J'écrivis en 1734 (1) que Virgile *étoit un mauvais
modele* pour les caracteres. L'expression est dure,
et ne convenoit point à mon âge, ni à mon peu
d'expérience. Je la rétracte aujourd'hui par respect
pour Virgile, en pensant toujours de même par
respect pour la vérité.

Un écrivain illustre, M. le président Bouhier, a
pris vivement contre moi le parti du prince des
poëtes latins. Il m'a fait l'honneur d'employer à me
réfuter une partie de la préface qu'il a mise à la tête
d'un de ses ouvrages. J'attendois pour lui répondre
une occasion de le faire à propos. Elle se présente
aujourd'hui naturellement; il ne trouvera pas mauvais que je la saisisse. D'ailleurs je fais gloire de
penser comme lui sur les anciens en général, et sur
Virgile en particulier. C'étoit un poëte incomparable, et qui avoit reçu de la nature un privilége ex-
clusif pour l'art des vers: car dans quelque langue

---

(1) Dans une lettre au marquis de Néelle.

que ce soit, il n'est point de versification qui approche de la sienne. Mais ce poëte incomparable, ce versificateur unique avoit aussi ses défauts, et sa partie foible étoit l'art des caractères. M. le président Bouhier n'en convient pas. Ce que j'ose reprendre dans Virgile, il le trouve admirable ; et je sais que son sentiment est d'un très grand poids.

Si Pergama dextrâ
Défendi possent, etiam hâc defensa fuissent.

« Comment a-t-on pu, dit-il, traiter de prince foible un héros aussi vaillant, aussi intrépide qu'Enée est représenté dans l'Enéide ? En quelle occasion a-t-il montré quelque foiblesse indigne de son caractère ? Sera-ce parceque Virgile l'a dépeint quelquefois versant des larmes ? Mais Achille, l'indomptable Achille, n'en verse-t-il pas dans Homere quand on lui enleve Briseis ? ne pleure-t-il pas amérement en apprenant la mort de son cher Patrocle ? Le terrible Ajax n'en fait-il pas de même en d'autres occasions ? »

Ces citations sont exactes : l'application ne l'est pas. Les guerriers de l'Iliade pleurent quelquefois, je l'avoue ; mais de quelle maniere, et dans quelles circonstances ? Ce n'est point à tout propos, comme Enée, qui pleure plus souvent et plus abondamment lui seul que tous les guerriers d'Homere ensemble.

Diomede, l'un des combattants aux jeux funebres de Patrocle dans la course des chars, pleure de rage quand Apollon lui fait tomber le fouet de la main. Agamemnon pleure de dépit et de douleur dans le conseil de guerre qu'il tient pendant la nuit, pour annoncer aux chefs de l'armée, battus et poursuivis par Hector jusque dans leurs retranchements, qu'il faut promptement lever le siége, et reprendre le chemin de la Grece. Achille pleura quand Eurybate et Talthybius, hérauts d'Agamemnon, eurent emmené Briséis.

Qui ne voit d'abord que ce ne sont point là des pleurs de foiblesse ni de pusillanimité? Ces attendrissements continuels ne supposent pas une grande fermeté d'ame. On voit des personnes qui expriment tous leurs sentiments par des larmes. Le plaisir, la douleur, la joie, l'admiration, les font pleurer. Ce sont de fort honnêtes gens dans la société civile; mais ce seroit de médiocres personnages dans un poëme épique. Le don des larmes sied mal à un héros.

Madame Dacier, dans ses notes sur le cinquieme livre de l'Iliade, prétend que Virgile a puisé dans Homere jusqu'à l'idée même du sien. Enée dit à Pandare, fils de Lycaon, que la colere des dieux est terrible. C'est d'après ce mot qu'a été formé le principal caractere de l'Enéide. Cette remarque de madame Dacier n'est point frivole, et renferme beaucoup de sens en peu de mots. Enée joue dans l'Iliade un rôle assez subalterne, quoiqu'il y ait pourtant ses traits distinctifs comme les autres; car en fait de personnages, tout est peint, tout est vivant dans Homere. Mais en qualité de poëte grec, il a cru devoir par-tout déprimer les Troyens. Enée près de combattre contre Diomede se croit déja vaincu, et n'a d'espérance qu'en la vitesse de ses chevaux. Diomede, au contraire, compte si auda-

cieusement sur la victoire, qu'il ordonne d'avance
à Sthénélus de courir aux chevaux de son ennemi,
et de les mener au camp. L'opposition de ces deux
caractères est frappante. De pareils coups de pin-
ceau ne sont pas communs chez Virgile. Ne pour-
roit-on pas dire qu'il n'a pas assez perdu de vue
dans son poëme la médiocrité d'Enée dans l'Iliade?
Souvent on est foible avec beaucoup de valeur ; et
tel est, si je ne me trompe, le héros de l'Enéide.

Le reproche d'amant sans foi ne paroît pas plus
solide à M. le président Bouhier que celui de prince
foible. Il faudroit, selon lui, qu'Enée « se fût lié à
« Didon par quelque engagement solennel. Mais on
« n'en trouve, ajoute-t-il, aucun vestige dans toute
« la narration de Virgile ». Je lis, ou j'entends bien
différemment le quatrieme livre de son poëme. J'y
aperçois non seulement des vestiges, mais des
preuves plus claires que le jour de tous les faux
serments qu'Enée a faits à Didon.

Etablissons en premier lieu si c'est ici un prince
ferme et raisonnable, un pere de famille qui doit
de bons exemples à son fils, un chef de nation, et le
fondateur désigné du plus grand empire de la terre ;
ou bien un aventurier, un séducteur de princesses.
Dans ce dernier cas, il a pu croire que les bontés
de la reine et les serments dont on est prodigue en
pareille occasion, et qu'il ne lui avoit pas refusés,
au moins dans la grotte, ne l'engageoient que mé-
diocrement avec elle. Mais on jugera autrement, si
l'on ne considere en lui, suivant le dessein de Virgile, qu'un personnage grave, qu'un prince toujours occupé de ses infortunes passées, de son état

présent, et de l'oracle des dieux ; qu'un pere soigneux de l'éducation de son fils, et qui lui enseigne de bonne heure à supporter courageusement les revers et les travaux.

Disce, puer, virtutem ex me, verumque laborem ;
Fortunam ex aliis.

Il semble qu'un homme de ce caractere ne doive point abuser de la foiblesse d'une femme, d'une reine, de sa bienfaitrice. Pourquoi flatter sa passion ? Pourquoi souffrir qu'elle parle publiquement de mariage consommé ?

Nec jam furtivum Dido meditatur amorem,
Conjugium vocat.

Il y a plus. On ne peut douter qu'il n'ait promis à cette princesse de régner avec elle à Carthage. Jupiter en est alarmé. Il envoie Mercure, qui trouve Enée au milieu des architectes et des ouvriers, donnant des ordres pour le plan des fortifications et la disposition des édifices, et ne pensant en aucune façon aux préparatifs de son départ ; ce qui lui attire des reproches très vifs de la part du messager des dieux.

Je finis cette discussion, déja beaucoup trop longue, en me couvrant du bouclier de l'académie de la Crusca, l'une des plus respectables compagnies littéraires de l'Europe. Voici comme elle s'explique sur le caractere d'Enée dans son apologie du Roland furieux de l'Arioste, contre le dialogue de Camillo Pellegrini sur la poésie épique.

(1) « Quel personnage pour Enée, qui étoit d'un âge mûr, et qui avoit un fils déja grand, auquel il devoit donner de bons exemples, de courir les aventures galantes, et de faire l'amour comme un jeune homme, dans le temps qu'il étoit chargé des entreprises les plus importantes, et que les dieux lui avoient révélé qu'ils le destinoient à fonder l'empire romain ! Quelle trahison d'abandonner indignement une reine qui, après l'avoir tiré de la misere, l'avoit reçu dans ses bras, et comblé de mille biens ! Vit-on jamais de plus noire perfidie ? Et c'est une raison puérile (*è scusa da bambini*) et contre toute vraisemblance, de prétexter les ordres de Jupiter, etc.... » Les expressions de l'original sont moins mesurées que celles de la traduction.

Le fameux Rousseau a peint Enée d'après nature, ou pour mieux dire, d'après Virgile, dans une ode que tout le monde connoît.

> Pouvoit-elle mieux attendre
> De ce pieux voyageur,

_____

(1) Nell' Eneade, che bel costume è quel d'Enea già maturo, e che aveva un figliuol già grande, che doveva imparar à vivere, e prendere esempio da lui; nel tempo ch' egli aveva per le mani sì grandi imprese, a piantare il fondamento del' imperio di Roma, il che à lui era stato rivelato, l' andarsi intabaccando, e perdendo ne gli amorazzi a guisa d' un giovinetto; e tradire con sì scelerata fraude quella real femina, che ignudo e tapino, e diserto l' aveva raccolto nelle sue braccia, e apertagli l'anima, e'l corpo? udissi mai il più solenne tradimento di questo! ed è scusa da bambini il rifugio del commendamento di Giove, e fuor d' ogni verisimile, etc.

Qui, fuyant sa ville en cendre,
Et le fer du Grec vengeur,
Chargé des dieux de Pergame,
Ravit son pere à la flamme,
Tenant son fils par la main,
Sans prendre garde à sa femme,
Qui se perdit en chemin?

Je m'appuyerai encore des réflexions de M. l'abbé
des Fontaines. Voici ce qu'il m'écrivoit en 1740,
dans le temps qu'il travailloit à sa traduction de
Virgile: « Je vous avoue que le caractere misérable
d'Enée me dégoûte bien. Un auteur qui donneroit
aujourd'hui un pareil caractere à son héros, soit
dans un poëme, soit dans un roman, seroit sifflé.
Enée est un homme foible et un dévot insipide ».
Tant d'autorités prouvent au moins que mon sentiment dans cette dispute littéraire n'est ni absurde
ni singulier.

Il ne seroit pas aussi facile de justifier les défauts
de ma tragédie, sur lesquels le succès qu'elle eut
dans sa nouveauté ne m'a jamais ébloui. C'est le
coup d'essai d'un âge sans expérience; une piece
composée sans le secours d'amis connoisseurs, et
dans le fond d'une province. J'aurois peut-être
mieux fait de ne la point livrer au public; mais je
ferois plus mal encore de la lui laisser avec toutes
ses imperfections. On n'est pas forcé de s'ériger en
écrivain, mais on est obligé de corriger ses écrits.

D'ailleurs, on ne risque rien à s'enrichir des
beautés de Virgile. Je n'avois point profité de toutes
celles qui pouvoient embellir ma piece. J'avoue que
je sentis bien, en composant cet ouvrage, que je ne

saisissois pas tout ce qu'il y a de plus fort et de plus théâtral dans le quatrieme livre de l'Enéide. Les avant-coureurs du trépas de Didon forment un tableau effrayant, auquel je n'avois substitué que de la tendresse et de la douleur. En un mot, la prochaine mort de Didon, le *pallida morte futurâ* ne régnoit point assez dans le cinquieme acte, qui avoit besoin en cela d'être remanié.

On a pu remarquer aussi que Madherbal promet à Iarbe (1), dans la premiere scene du premier acte, de représenter fortement à la reine, qu'il est de son intérêt de préférer ce jeune prince à tout autre; ce qui sembloit annoncer une scene entre Didon et ce ministre. Cependant il n'en est plus parlé; car je compte pour rien ces deux vers du troisieme acte;

J'ai cru devoir vous dire en ministre fidele
Tout ce que m'inspiroient votre gloire et mon zele.

Il faut quelque chose de plus pour la justesse et la netteté de la conduite théâtrale. J'y ai remédié par une scene entiere que j'ai ajoutée au premier acte. On en trouvera aussi une nouvelle au commencement du quatrieme, entre Achate et Madherbal. A cela près, les autres corrections portent sur le dialogue en général, sur des vers foibles, des expressions négligées, des mots parasites, et des rimes peu exactes.

On m'objectera peut-être que j'ai mis le récit

_____

(1) *Note de l'Editeur.* On sait que Pompignan a puisé dans Métastase l'idée de faire venir Iarbe à la cour de Didon, en qualité d'ambassadeur, et de faire vaincre ce prince par Enée, avant de quitter Carthage.

d'une apparition au cinquieme acte, contre l'usage
constamment observé, de ne placer ces sortes de
morceaux que dans le premier acte ou dans le second tout au plus. Je répondrois, si je n'avois pas
d'autre excuse, que l'on peut quelquefois s'écarter
des routes frayées, pourvu que l'on arrive à son
but aussi vite et sans s'égarer. Mais Virgile vient
ici à mon secours. Dans son poëme, comme dans
ma tragédie, les circonstances que j'ai décrites sont
essentiellement liées avec le dénouement de l'action.
Didon ne voit des spectres que quand elle a des remords; et les remords ne viennent que quand Enée
s'en va. Tout cela est dans la nature, et les vérita-
bles regles sont de peindre les passions au naturel.

Un étranger illustre (M. l'abbé Venuti), qui
joint à beaucoup de génie l'érudition la plus agréable et la plus variée, avoit traduit Didon en italien, dans l'état où elle fut imprimée pour la premiere fois en 1734. Je n'avois pas le bonheur de le
connoître quand il fit cet honneur distingué à ma
tragédie. Je lui ai confié depuis mon manuscrit, et
il m'a répété souvent avec une candeur peu commune chez les gens de lettres, qu'en traduisant Didon il avoit souhaité plus d'une fois tous les chan-
gemens que j'y ai faits.

Heureux si les beautés de sa poésie pouvoient rendre la mienne supportable aux yeux d'une nation
qui a produit les plus grands poëtes, et qui ayant
reçu des mains des Grecs tous les talents et tous les
arts, les a répandus avec tant de profusion chez
tous les peuples de l'Europe !

LE FRANC. I.   2.

ACTEURS.

DIDON, reine de Carthage.
ENÉE, chef des Troyens.
IARBE, roi de Numidie.
ELISE.
MADHERBAL, ministre et général des Carthaginois.
ACHATE, capitaine troyen.
ZAMA, officier d'Iarbe.
BARCÉ, femme de la suite de la reine.
GARDES.

La scène est à Carthage, dans le palais de la Reine.

DIDON,

TRAGÉDIE.

~~~~~~~~~~~~~~~~~~~~~~~~~~~~~~~~~~~~~~

ACTE PREMIER.

SCENE PREMIERE.

IARBE, MADHERBAL.

IARBE.

Reviens de ta surprise, oui, c'est moi qui t'em-
brasse,
Et qui cherche en ces lieux la fin de ma disgrace
Qu'il est doux pour un roi de revoir un ami !

MADHERBAL.

Je vous ai reconnu, seigneur, et j'ai frémi.
Iarbe sur ces bords ! Iarbe dans Carthage !
Vous, ce roi si vanté d'un peuple encor sauvage,
Qui menace nos murs de la flamme et du fer,
Vous, héros de l'Afrique et fils de Jupiter !
Quel important besoin, ou quel malheur extrême
Vous fait quitter ici l'éclat du diadême ?
Et pourquoi...

IARBE.

Trop souvent mes ministres confus
Ont de ta jeune reine essuyé les refus.
J'ai su dissimuler la fureur qui m'anime,

Et contraignant encor mon dépit légitime,
Je viens, sous le faux nom de mes ambassadeurs,
De cette cour nouvelle étudier les mœurs;
De ses premiers dédains lui demander justice,
Menacer, joindre enfin la force à l'artifice:
Que sais-je... N'écouter qu'un transport amoureux,
Me découvrir moi-même, et déclarer mes feux.

MADHERBAL.

Vos feux! qu'ai-je entendu! qúoi! vous aimez la
    reine?
Dans sa cour, à ses pieds, l'amour seul vous amene!
Vous, seigneur!

IARBE.

      Je t'étonne, et j'en rougis. Apprends
De mon malheureux sort les progrès différents.
Jadis par mon aïeul exclus de la couronne,
Avant que le destin me rappelât au trône,
Tu sais que déguisant ma naissance et mon nom,
J'allai fixer mes pas à la cour de Sidon.
A toi seul en ces lieux je me fis reconnoître.
Je te vis détester les crimes de ton maître:
Je crus que je pouvois me livrer à ta foi.
L'épouvante régnoit dans le palais du roi.
On y pleuroit encor le trépas de Sichée.
A son époux Didon pour jamais arrachée
Couloit dans les ennuis ses jours infortunés:
Je la vis. Ses beaux yeux aux larmes condamnés
Me soumirent sans peine au pouvoir de leurs charmes.
J'osai former l'espoir de calmer ses alarmes:
Contre Pygmalion je voulois la servir:
A ta reine en secret j'allois me découvrir;
Rien ne m'arrêtoit plus, lorsque sa prompte fuite
Rompit tous les projets de mon ame séduite.
Quelle fut ma tristesse ou plutôt ma fureur!
Tu voulus vainement pénétrer dans mon cœur·

Indigné des forfaits d'un Tyran sanguinaire,
J'abandonnai sa cour affreuse et solitaire,
Et portai mes regrets, mes transports violents
Jusqu'aux sources du Nil, et sous des cieux brûlants.
Après quatre ans entiers, l'auteur de mes miseres
Me rendit par sa mort le sceptre de mes peres :
Je passai de l'exil sur le trône des rois.
Je crus que ma raison reprendroit toùs ses droits,
Que de mes mouvements la gloire enfin maîtresse
Sauroit bien triompher d'un reste de foiblesse,
Et que les soins cuisants d'un malheureux amour
Respecteroient le trône et fuiroient de ma cour.
Bientôt un bruit confus alarmant tous nos princes,
Répand avec terreur au fond de leurs provinces,
Que d'un peuple étranger arrivé dans nos ports
Les murs de jour en jour s'élevent sur ces bords.
J'apprends que, de son frere évitant la furie,
Didon veut s'emparer des côtes de Libye.
Qu'un amour mal éteint se rallume aisément !
Le mien reprend sa force, et croît à tout moment.
Dans ce nouveau transport je me flatte, j'espere
Qu'au milieu de l'Afrique une reine étrangere
Ne réjettera point le secours et la main
Du roi le plus puissant de l'empire africain.
Par mes Ambassadeurs j'offre cette alliance.
Projets mal concertés ! inutile espérance !
Ses refus colorés de frivoles raisons,
Deux fois m'ont accablé des plus sanglants affronts.
Je veux, tel est l'amour qui m'aveugle et m'entraîne,
Tenter moi-même encor cette superbe reine.
Tout prêts à se montrer, mes soldats, mes vaisseaux,
Couvriront autour d'elle et la terre et les eaux.
L'amour conduit mes pas, la haine peut les suivre.
Dans ce doute mortel je ne saurois plus vivre :
Des refus de Didon j'ai trop long-temps gémi,

2.

Aujourd'hui son amant, demain son ennemi.
           MADHERBAL.
Voilà donc d'un grand roi toute la politique!
Ses fureurs vont régler le destin de l'Afrique.
Il menace, il gémit, des pleurs mouillent ses yeux.
Iarbe meurt d'amour. Et ma reine... Grands dieux !
Que dans le cœur des rois vous mettez de foiblesse!
Ah ! ne succombez pas sous le trait qui vous blesse.
Un autre flatteroit l'erreur où je vous voi.
Seigneur, fuyez la reine.
                     IARBE
                 Acheve, explique-toi.
Rien n'est à ménager quand les maux sont extrêmes.
Acheve, Madherbal : dis-moi tout, si tu m'aimes.
                 MADHERBAL.
Que ne suis-je en ces lieux ce qu'autrefois j'y fus !
Vous ne formeriez point tant de vœux superflus.
Depuis plus de trois ans sorti de ma patrie,
J'ai quitté pour Didon l'heureuse Phénicie.
Instruit que, sans relâche en butte au noir courroux
Du tyran qui versa le sang de son époux,
Elle venoit aux bords où le destin l'exile,
Contre un frere cruel mendier un asile,
Je courus, je craignis pour ses jours menacés.
La reine dans ses murs à peine encor tracés
Reçut avec transport un serviteur fidele ;
Et de sa confiance elle honora mon zele.
Mais qu'il faut peu compter sur la faveur des rois!
Un instant détermine, ou renverse leur choix.
Depuis que les Troyens échappés du naufrage
Ont cherché leur retraite aux remparts de Carthage,
Didon qui les rassemble au milieu de sa cour,
D'emplois et de bienfaits les comble chaque jour.
Eux seuls ont chez la reine un accueil favorable.
Ce n'est pas que j'envie un crédit peu durable.
Je vois, en frémissant, ce reste de vaincus

Prolonger nos périls par leur présence accrus.
Pour tout dire, on prétend qu'une éternelle chaîne
Doit unir en secret Enée avec la reine.

IARBE.

Que dis-tu ? Quoi ! la reine... Ah ! c'est trop m'ou-
    trager !
Je venois la fléchir, il faut donc me venger.
Les Tyriens eux-mêmes indignés contre Enée
Souffriront à regret ce honteux hyménée.
Toi-même verras-tu d'un œil indifférent
Couronner dans ces murs le chef d'un peuple errant ?
Ta chute, des Troyens seroit bientôt l'ouvrage :
Madherbal, c'est à toi de seconder ma rage.

MADHERBAL.

Moi, seigneur, moi rebelle ! Ah ! j'en frémis d'hor-
    reur !
Mais il faut excuser l'amour et sa fureur.
Fallût-il sur moi seul attirer la tempête,
Et dussé-je payer mes discours de ma tête,
Je parlerai, seigneur ; et peut-être ma voix
Aura-t-elle au conseil encore quelque poids.
La reine à vos desirs ne peut trop tôt souscrire ;
Je le vois, je le pense, et j'oserai le dire.
Mais si de Madherbal le zele parle en vain,
Si l'étranger l'emporte, et s'il l'épouse enfin,
N'attendez rien, malgré votre douleur mortelle,
D'un sujet, d'un ministre à ses devoirs fidele.
Jamais flatteur, toujours prêt à leur obéir,
Je sais parler aux rois, mais non pas les trahir.
On ouvre : rappelez toute votre prudence,
Et forcez votre amour à garder le silence.

SCENE II.

DIDON, IARBE, ELISE, MADHERBAL, BARCÉ, suite de la reine.

IARBE.

Reine, j'apporte ici les vœux d'un souverain.
Iarbe, par ma voix, vous offre encor sa main.
Et si sans affecter une audace trop vaine,
Un sujet peut vanter les attraits d'une reine,
Du roi qui me choisit, heureux ambassadeur,
Je puis en vous voyant vous promettre son cœur.
Pour un hymen si beau tout parle, tout vous presse.
De nos vastes états souveraine maîtresse,
En impuissants efforts, en murmures jaloux,
Laissez de votre frere éclater le courroux.
Qu'il redoute lui-même une sœur outragée
Qui n'a qu'à dire un mot, et qui sera vengée.
Au nom d'Iarbe seul vos ennemis tremblants
Respecteront vos murs encore chancelants.
Lui seul peut désormais affermir votre empire.
Terminez, grande reine, un hymen qu'il desire,
Et que toute l'Afrique instruite de son choix,
Adore vos attraits, et chérisse vos lois.

DIDON.

Lorsque du sort barbare innocente victime,
J'ai fui loin de l'Asie un frere qui m'opprime,
Je ne m'attendois pas qu'un fils du roi des dieux
Voulût m'associer à son rang glorieux.
Je dis plus : j'avoûrai que cette préférence
Exigeoit de mon cœur plus de reconnoissance.
Mais tel est aujourd'hui l'effet de mon malheur,
Didon ne peut répondre à cet excès d'honneur.
Qu'importe à votre roi l'hymen d'une étrangere ?

Faut-il que mes refus excitent sa colere?
Sauver mes jours proscrits, rendre heureux mes
    sujets,
Avec les rois voisins entretenir la paix,
C'est tout ce que j'espere, ou que j'ose prétendre.
Un jour mes successeurs pourront plus entreprendre,
C'en est assez pour moi; mais je ne regne pas
Pour donner lâchement un maître à mes états.

IARBE.

Vos états! m........., puisqu'il faut vous le dire,
Madame, dans quels lieux fondez-vous un empire?
Ce roi qui vous recherche, et que vous dédaignez,
Vous demande aujourd'hui de quel droit vous régnez.
Ce rivage et ce port, compris dans la Libye,
Ont obéi long-temps aux rois de Gétulie.
Les Tyriens et vous n'ont pu les occuper
Sans les tenir d'Iarbe ou sans les usurper.

DIDON.

Ce discours téméraire a de quoi me surprendre.
Vous abusez du rang qui me force à l'entendre:
Ministre audacieux, sachez que votre roi
Sans doute est mon égal, mais ne peut rien sur moi.
Par d'étranges hauteurs ce monarque s'explique.
Prétend-il disposer des trônes de l'Afrique?
Et quel droit plus qu'un autre a-t-il de commander!
Les empires sont dus à qui sait les fonder.
Cependant quelle haine, ou quelle méfiance
Armeroit contre moi votre injuste vengeance?
De quoi vous plaignez-vous, et quel crime ont
    commis
D'infortunés soldats à mes ordres soumis?
Ont-ils troublé la paix de vos climats stériles?
Ont-ils brûlé vos champs et menacé vos villes?
Que dis-je? ce rivage où les vents et les eaux,
D'accord avec les dieux, ont poussé mes vaisseaux,
Ces bords inhabités, ces campagnes désertes,

Que sans nous la moisson n'auroit jamais couvertes,
Des sables, des torrents, et des monts escarpés,
Voilà donc ces pays, ces états usurpés !
Mais devrois-je à vos yeux, rabaissant ma couronne,
Justifier le rang que le destin me donne?
Les rois, comme les dieux, sont au-dessus des lois.
Je regne : il n'est plus temps d'examiner mes droits.

IARBE.

Cette fierté m'apprend ce qu'il faut que je pense.
Ainsi d'un roi vainqueur vous bravez la puissance.
Déja prêt à partir, la foudre est dans ses mains.
Madame, toutefois forcé par vos dedains,
Forcé par son honneur de punir une injure
Qui de tous ses sujets excite le murmure,
S'il pense à se venger, je connois bien son cœur,
Croyez que ses regrets égalent sa fureur.
Mais vous l'avez voulu. Votre injuste réponse
Ne permet plus...

DIDON.

J'entends ; et vois ce qu'on m'annonce:
Je sais combien les rois doivent être irrités
D'une paix, d'un hymen, trop souvent rejetés.
Un refus est pour eux le signal de la guerre.
Autour de mes remparts ensanglantez la terre.
Iarbe, je le vois, est tout près d'éclater :
Je l'attends sans me plaindre, et sans le redouter.

IARBE.

Ah! je ne sais que trop les raisons... Mais, madame,
Je devrois respecter les secrets de votre ame.
J'en ai trop dit peut-être. Excusez un sujet
Qu'entraîne pour son prince un amour indiscret.
Je vous laisse : A vos yeux mon zele a dû paroître,
Et j'apprendrai bientôt vos refus à mon maître.

SCENE III.

DIDON, MADHERBAL, ELISE.

DIDON.

Il faudra donc payer le tribut de mon rang,
Et pour régner en paix verser des flots de sang.
Affreux destin des rois! Mais la gloire l'ordonne.
Vous, ministre guerrier, l'appui de ma couronne,
C'est à vous de pourvoir au salut de l'état.

MADHERBAL.

Madame, je réponds du peuple et du soldat.
S'ils craignent, c'est pour vous et non pas pour eux-
mêmes.
Soumis avec respect à vos ordres suprêmes...

DIDON.

Qu'ils m'aiment seulement, c'est là tout mon espoir.
Malheur aux souverains obéis par devoir !
Qu'importe que l'on meure en servant leur querelle,
Si dans le fond des cœurs la haine éteint le zele ?
Autour de nous la guerre allume son flambeau.
Mes refus sur Carthage attirent ce fléau.
Que diront mes sujets ?

MADHERBAL.

                  Ils combattront, madame.
Mais puisque vous voulez pénétrer dans leur ame,
Lire leurs sentiments, et connoître leurs vœux,
J'obéis à ma reine, et vais parler pour eux.
Ils pensoient que le nœud d'une auguste alliance
Pouvoit seul affermir votre foible puissance,
Vous assurer un trône élevé par vos mains.
Voyez dans quels climats vous fixent les destins.
Contre les noirs projets de votre injuste frere,
Pensez-vous que les flots vous servent de barriere ?

Les pavillons de Tyr sont les rois de la mer.
Ici les Africains, peuple indomptable et fier:
Plus loin d'affreux écueils, des rochers et des sables,
D'un pays inconnu, limites effroyables,
De stériles déserts, de vastes régions
Que l'œil ardent du jour brûle de ses rayons,
Sont d'éternels remparts, dans l'état où nous
    sommes,
Entre tous vos sujets et le reste des hommes.
Pour mettre en sureté votre sceptre et vos jours,
Aux autels de l'hymen implorez du secours.
Votre gloire en dépend encor plus que la nôtre.
Au bonheur d'un époux daignez devoir le vôtre:
Daignez au rang suprême associer un roi.

DIDON.

J'estime vos conseils autant que je le doi.
Je les ai prévenus. Mais quel choix puis-je faire?

MADHERBAL.

Un héros seul sans doute est digne de vous plaire.
Les plus grands rois du monde en seroient honorés.
D'ennemis furieux nous sommes entourés.
L'étendard de la guerre, et le son des trompettes
Vous avertit assez des périls où vous êtes.
Du moins que votre époux ait plus que des aïeux;
Qu'il soit, si vous voulez, issu du sang des dieux:
Mais qu'il ait des soldats, des villes, des provinces.
Votre hymen est brigué par tant d'illustres princes:
Par leurs ambassadeurs tous vous offrent leurs
    vœux.
C'est régner sur les rois que de choisir entr'eux:
Mais choisissez, madame, et qu'un digne hyménée
De vos jours opprimés change la destinée.
Se peut-il qu'un héros, qu'un jeune souverain,
Qu'un fils de Jupiter vous sollicite en vain?
Iarbe...

DIDON.

C'est assez ; et je rends grace au zele
D'un ami, d'un ministre, et d'un guerrier fidele.
Je dois répondre aux vœux du peuple et de la cour ;
Et vous saurez mon choix avant la fin du jour.

SCENE IV.

DIDON, ELISE, BARCÉ.

DIDON.

Hélas ! il est écrit avec des traits de flamme,
Ce choix tant combattu, ce choix qu'a fait mon ame.
Mon malheureux secret n'est que trop dévoilé.
Mes yeux et mes soupirs l'ont assez révélé.
O vous à qui mon cœur s'ouvre avec confiance,
Vous, dont les soins communs ont formé mon
 enfance,
Compagnes qui faisiez la douceur de mes jours,
Devant vous à mes pleurs je donne un libre cours.

ÉLISE.

Eh ! pourquoi consumer vos beaux jours dans les
 larmes ?
Ce triste désespoir est-il fait pour vos charmes ?
Sujette dans l'Asie, et reine en ces climats,
Les hommages des rois accompagnent vos pas.
Le choix que vous ferez affermira sans doute
Cet empire naissant que l'Afrique redoute.
Vous pouvez être heureuse, et vous versez des pleurs !

BARCÉ.

Qui l'eût cru, que l'amour causeroit vos malheurs,
Vous, que depuis la mort de votre époux Sichée,
Tant de superbes rois ont en vain recherchée !
Echappé du courroux de Neptune et de Mars,

Un étranger paroît, il charme vos regards.
Vous l'aimez aussitôt que le sort vous l'envoie.

DIDON.

Oui, je l'aime, et mon ame est pour jamais la proie
De la divinité dont il reçut le jour.
Je reconnois sa mere à mon funeste amour.
Car ne présumez pas qu'en secret satisfaite,
Votre reine elle-même ait hâté sa défaite.
J'ai combattu long-temps, et dans ces premiers
    jours
La mort même et l'enfer venoient à mon secours.
Tremblante de frayeur, de remords déchirée,
Aux mânes d'un époux je me croyois livrée :
Mais ces tristes objets sont enfin disparus.
Enée est dans mon cœur, les remords n'y sont plus.
Hélas ! avec quel art il a su me surprendre !
Chaque instant qu'attachée au plaisir de l'entendre,
J'écoutois le récit de ces fameux revers
Qui du nom des Troyens remplissent l'univers,
Malgré le nouveau trouble élevé dans mon ame,
Je prenois pour pitié les transports de ma flamme :
Quelle étoit mon erreur ! et qu'il est dangereux
De trop plaindre un héros aimable et malheureux !
Amour, que sur nos cœurs ton pouvoir est extrême !
Même après le danger on craint pour ce qu'on aime.
Je crois voir les combats que j'entends raconter ;
Je frémis pour Enée, et je cours l'arrêter.
Tantôt sous ces remparts que la Grèce environne,
Je le vois affronter les fureurs de Bellone ;
Je le suis ; et des Grecs défiant le courroux,
Je prétends sur moi seule attirer tous leurs coups.
Mais bientôt sur ses pas je vole épouvantée
Dans les murs saccagés de Troie ensanglantée.
Tout n'est à mes regards qu'un vaste embrasement.
A travers mille feux je cherche mon amant.
Je tremble que du ciel la faveur ralentie

N'abandonne le soin d'une si belle vie.
Mes vœux des immortels implorent le secours.
Toutefois au moment de voir trancher ses jours,
Dans ce dernier combat où l'entraine la gloire,
Je crains également sa mort et sa victoire :
Je crains que, des Troyens relevant tout l'espoir,
Il ne m'ôte à jamais le bonheur de le voir.
Ilion, à ton sort mes yeux donnent des larmes ;
Mais pardonne à l'amour qui cause mes alarmes.
De ta chute aujourd'hui je rends graces aux dieux,
Puisque c'est à ce prix qu'Énée est en ces lieux.

ÉLISE.

Le bonheur de ma reine est tout ce qui me flatte :
Mais puisqu'il faut enfin que votre amour éclate,
Songez à prévenir le barbare courroux
D'un frere qui vous hait, et d'un rival jaloux.
Puissent des Phrygiens la force et le courage
Soutenir dignement le destin de Carthage.
Puisse leur alliance...

DIDON.

Oui, je vais déclarer
Un hymen que mon cœur ne veut plus différer.
Quoi ! du rang où je suis, déplorable victime,
Faut-il sacrifier un amour légitime,
Et nourrissant toujours d'ambitieux projets,
Immoler mon repos à de vains intérèts !
N'ajoutons rien aux soins de la grandeur suprême :
Trop de tourments divers suivent le diadème,
Et le destin des rois est assez rigoureux,
Sans que l'amour les rende encor plus malheureux.

FIN DU PREMIER ACTE.

ACTE II.

SCENE PREMIERE.

ENÉE, ACHATE.

ENÉE.

TANDIS que de sa cour la reine environnée
Aux chefs des Tyriens apprend notre hyménée,
Cher Achate, je puis t'ouvrir en liberté
Les secrets sentiments de mon cœur agité.
En vain à mes desirs tout semble ici répondre,
L'inflexible destin se plaît à me confondre.
Je ne sais quel remords me trouble nuit et jour.
Les jeux et les plaisirs regnent dans cette cour;
Cependant son éclat m'importune et me gêne.
Je jouis à regret des bienfaits de la reine;
Par mille soins divers je me sens déchirer.
Que m'annonce ce trouble, et qu'en dois-je augurer?
Quoi! de ces lieux encor faudra-t-il que je parte?
Se peut-il que le ciel, que Junon m'en écarte,
Que je sois sans asile, et que les seuls Troyens
Perdent dans l'univers le droit de citoyens.

ACHATE.

Je ne reconnois point Enée à ce langage.
Ah! rougissez plutôt des bienfaits de Carthage.
Non, ce n'est point l'amour, c'est la guerre, sei-
  gneur,

Qui seule d'un héros doit payer la valeur.
Hâtez-vous de poursuivre une illustre conquête.
Hé quoi! vous balancez! quel charme vous arrête?
Qu'est devenu ce cœur si grand, si généreux,
Que n'étonna jamais le sort le plus affreux?

ÉNÉE.

Depuis que dans le sang des peuples de Pergame
Ménélas a puni les crimes de sa femme,
Et qu'aux bords ravagés par les Grecs triomphants
Les cendres d'Ilion sont le jouet des vents,
J'ai conduit, j'ai traîné de rivage en rivage
Le reste des Troyens échappés du carnage.
Nous avons cru cent fois arriver dans ces lieux
Que nous avoient promis les ministres des dieux:
Mais tu sais comme alors d'invincibles obstacles
Démentoient à nos yeux le prêtre et les oracles.
Ici, l'onde en fureur nous éloignoit du bord:
Là, par un vent plus doux conduit jusques au port,
J'ai vu des nations ensemble conjurées,
Les armes à la main nous fermer leurs contrées ;
Plus loin, quand mes soldats accablés de travaux
Commençoient à goûter les douceurs du repos,
Qu'ils vivoient sans alarme, et traçoient avec joie
Les temples et les murs d'une seconde Troie,
Je vis les dieux armés de foudres et d'éclairs
Aux Troyens effrayés parler du haut des airs,
Et la contagion, pire que le tonnerre,
Couvrir d'un souffle impur la face de la terre.
Il fallut s'éloigner de ces bords infectés.
Ainsi dans l'univers proscrits, persécutés,
Victimes des rigueurs d'une injuste déesse,
Enée et les Troyens trouvent par-tout la Grece.
Touché de nos malheurs, un seul peuple aujour-
    d'hui
Nous reçoit dans ses murs, nous offre son appui.
Crois-tu que mes soldats qui jouissent à peine

3.

De l'asile et des biens qu'ils doivent à la reine,
S'il faut abandonner ces fortunés climats,
Et braver sur les flots les horreurs du trépas,
Reconnoissent ma voix et quittent sans murmure
Le repos précieux que Didon leur assure,
Pour aller sur mes pas en de sauvages lieux
Importuner encor les oracles des dieux?

ACHATE.

Obéir à son roi n'est pas un sacrifice.
Seigneur, à vos soldats rendez plus de justice.
Le malheur, votre exemple, en ont fait des héros.
Présentez-leur la gloire, ils fuiront le repos.
Mais vous-même, s'il faut vous parler sans con-
      trainte,
Le refus des Troyens n'est pas la seule crainte
Qui retient en ces lieux vos desirs et vos pas.
Un soin plus séduisant...

ÉNÉE.

                    Je ne m'en défends pas.
Je brûle pour Didon. Sa vertu magnanime
N'a que trop mérité mes feux et mon estime.
Je ne sais si mon cœur se flatte en son amour,
Mais peut-être le ciel m'appeloit à sa cour.
Son malheur est le mien; ma fortune est la sienne.
Elle fuit sa patrie, et j'ai quitté la mienne.
Le fier Pygmalion poursuit les Tyriens;
Les Grecs de toutes parts accablent les Troyens.
L'un à l'autre connus par d'affreuses miseres,
Le destin nous rassemble aux terres étrangeres.
Et peut-on envier à deux cœurs malheureux
Le funeste rapport qui les unit tous deux?
Que dis-je? Sans Didon, sans ses soins favorables,
D'Ilion fugitif les restes misérables,
Inconnus dans ces lieux, sans vaisseaux, sans secours,
Sur un rivage aride auroient fini leurs jours.
As-tu donc oublié comme après le naufrage

Nous crûmes sur ces bords tomber dans l'esclavage?
Les Tyriens en foule accompagnoient nos pas,
Et déja contre nous ils murmuroient tout bas.
Sur un trône brillant leur jeune souveraine
Rendit d'abord le calme à mon ame incertaine.
Ses regards, ses discours, garants de sa bonté,
Cet air majestueux, cette douce fierté,
Ces charmes, dont l'éclat, digne ornement du trône,
Sur le front d'une reine embellit la couronne,
Les hommages flatteurs d'une superbe cour,
Tout m'inspiroit déja le respect et l'amour.
Avec quelle douceur écoutant ma priere,
Dans le noble appareil d'une pompe guerriere,
Cette reine, sensible au récit de mes maux,
Promit de terminer le cours de nos travaux!
Les effets chaque jour ont suivi sa promesse.
Achate, je dois tout aux soins de sa tendresse;
Et puis-je refuser mon cœur à ses attraits,
Quand ma reconnoissance est due à ses bienfaits?

ACHATE.

Tel est d'un cœur épris l'aveuglement extrême.
Il se fait un plaisir de s'abuser lui-même;
Et le vôtre, seigneur, qui cherche à s'éblouir,
Court après le danger quand il devroit le fuir.
Déja tout occupé de sa grandeur future,
D'un trop heureux repos votre peuple murmure.
Il croit que chaque instant retarde ses destins.
Si la gloire une fois...

ÉNÉE.

Et c'est ce que je crains.
Je ne trahirai point cette gloire inhumaine;
Mais mon cœur sait aussi ce qu'il doit à la reine.
Je la vois. Laisse-nous. Trop heureux en ce jour
Si je puis accorder et l'honneur et l'amour!

SCENE II.

DIDON, ENÉE, ELISE.

DIDON.

Seigneur, il étoit temps que ma bouche elle-même
Aux peuples de Carthage apprît que je vous aime,
Et qu'un nœud solennel, gage de notre foi,
Devoit aux yeux de tous vous engager à moi.
A cet heureux hymen je vois que tout conspire,
Le salut des Troyens, l'éclat de mon empire.
Ce n'est pas l'amour seul dont le tendre lien
Doit unir à jamais votre sort et le mien,
Un intérèt commun aujourd'hui nous engage.
Je termine vos maux, vous défendrez Carthage.
Et, malgré tant de rois contre nous irrités,
Vous saurez affermir le trône où vous montez.
Cher prince, qu'il est doux pour mon cœur, pour le
    vôtre,
Que notre sort dépende et de l'un et de l'autre,
Et qu'un lien charmant, objet de tous nos vœux,
Finisse nos malheurs en couronnant nos feux !

ÉNÉE.

Ah, c'est de tous les biens le plus chêr à mon ame !
Quel comble à vos bienfaits ! quel bonheur pour
    ma flamme !
Quoi ! je serois à vous ? Espoir trop enchanteur,
Ne seras-tu pour moi qu'une flatteuse erreur ?
Mais ma crainte peut-être en secret vous offense.
Pardonnez. Le malheur nourrit la défiance.
Ah ! si je disposois des jours que je vous doi,
Et si tous les Troyens pensoient comme leur roi !

DIDON.

Que dites-vous, seigneur? quelle alarme nouvelle...

ÉNÉE.

S'il faut périr pour vous, je réponds de leur zele.
Mais je vous aime trop pour rien dissimuler.
Ma princesse...

DIDON.

Achevez. Vous me faites trembler.

ÉNÉE.

Vous voyez sur ses bords le déplorable reste
D'un peuple si long-temps à ses vainqueurs funeste.
Cependant accablé du malheur qui le suit,
Malgré l'abaissement où le ciel l'a réduit,
Malgré tant d'ennemis obstinés à sa perte,
Et la mort tant de fois à ses regards offerte,
Ce reste fugitif, ce peuple infortuné,
A soumettre les rois croit être destiné.
Les Troyens sur mes pas veulent se rendre maîtres
Des climats où jadis ont regné leurs ancêtres.
L'Ausonie est ce lieu si cher à leurs desirs.
Leurs chefs osent déjà condamner mes soupirs.
Je tremble que du ciel les sacrés interpretes
Ne joignent leur suffrage à ces rumeurs secretes,
Et qu'un zele indiscret échauffant les esprits
Ne porte jusqu'à moi la révolte et les cris.
Tel est du préjugé le pouvoir ordinaire:
Il soumet aisément le crédule vulgaire.
Courageux sans honneur, scrupuleux sans vertu,
Souvent dans les transports dont il est combattu,
Le soldat entraîné sur la foi d'un oracle,
Du respect pour les rois foule à ses pieds l'obstacle,
Cede, sans la connoître, à la religion,
Et se fait un devoir de la rebellion.
Ah! si le même jour où mon ame contente
Se promet un bonheur qui passoit mon attente,

Si dans le moment même où vous me l'annoncez,
Une gloire barbare... Hélas! vous frémissez!

DIDON.

Qu'ai-je entendu, cruel! quel funeste langage!
Le trouble de mon cœur m'en apprend davantage.
Quoi! cet hymen si doux, si cher à nos souhaits,
Seroit donc traversé par vos propres sujets!
Je voulois les combler et de biens et de gloire:
Ils veulent donc ma mort!

ÉNÉE.

Non, je ne le puis croire.
Enchantés du repos que vous leur assurez,
Ils vous verront, madame, et vous triompherez.
Mon cœur qui s'attendrit souffre à regret l'idée
Du trouble dont votre ame est déja possédée.
Je vous quitte. Il est temps d'instruire les Troyens
Du nœud qui les unit aux soldats tyriens;
Mais dût le ciel lui-même, inspirant ses ministres,
Ne m'annoncer ici que des arrêts sinistres,
Ni les dieux offensés, ni le destin jaloux,
Ne m'ôteront l'amour dont je brûle pour vous.

SCENE III.

DIDON, ELISE.

DIDON.

Elise, que deviens-je, et quel trouble m'agite!
Quel soupçon se présente à mon ame interdite!
De quel malheur fatal vient-il me menacer!
Enée! Oh, ciel...! Non, non, je ne puis le penser.
Il m'aime; il ne veut point trahir une princesse
Qui par mille bienfaits lui prouve sa tendresse.
Mais lorsque notre hymen doit faire son bonheur,
Quel noir pressentiment fait naître sa terreur?

Est-ce toi, peuple ingrat, est-ce vous, cher Enée,
Qui trompez sans pitié mon ame infortunée?
Qui dois-je soupçonner? Quels maux dois-je pré-
    voir?,
Conspirez-vous ensemble à trahir mon espoir?
Tendre ou perfide amant! fatale incertitude!

ÉLISE.

Soupçonner un héros de tant d'ingratitude,
Quand vos bienfaits sur lui versés avec éclat...

DIDON.

En amour un héros n'est souvent qu'un ingrat.
Hélas! après l'espoir dont je m'étois flattée,
Dans quel gouffre d'horreurs suis-je précipitée!
Je m'attends désormais aux plus sensibles coups:
J'ignore mes malheurs, et dois les craindre tous.

ÉLISE.

Ah! du choix des Troyens vos faveurs vous répon-
    dent,
Et contre leurs destins les vôtres vous secondent.
Assez et trop long-temps, leur empire détruit,
Un pays ignoré qui sans cesse les fuit,
Ont causé leurs regrets, nourri leur espérance,
Croyez que le repos, les plaisirs, l'abondance,
Effaceront bientôt de ces cœurs prévenus
Une ville brûlée et des bords inconnus.

DIDON.

Non, il faut qu'avec lui mon ame s'éclaircisse.
J'y vole. Un seul instant redouble mon supplice.
Mais que nous veut Barcé?

SCENE IV.

DIDON, ELISE, BARCÉ.

BARCÉ.

Prêt à quitter ces lieux,
L'ambassadeur demande à paroître à vos yeux,
Madame; il suit mes pas, et vient pour vous in-
struire
D'un secret important au bien de cet empire.

DIDON.

Quoi! dans le moment même où mon cœur désolé
Cherche à vaincre l'ennui dont il est accablé;
Quand je sens augmenter la douleur qui me presse,
Faut-il qu'à mes regards un étranger paroisse!
Il lira dans mes yeux mon triste désespoir.
Et peut-être mes pleurs...N'importe, il faut le voir.
Que vous êtes cruels, soins attachés au trône,
Et que vous vendez cher le pouvoir qu'il nous donne!
Sous la pourpre et le dais nous bravons l'univers.
Je vais parler en reine, et mon cœur est aux fers.
Appellez ce Numide. Et vous, qu'on se retire.
Que vient-il m'annoncer! que pourrai-je lui dire?

SCENE V.

DIDON, IARBE.

IARBE.

Iarbe aux Phrygiens est donc sacrifié,
Madame? votre hymen est enfin publié.
C'est peu que d'un refus l'ineffaçable outrage
D'un monarque puissant irrite le courage;

Un guerrier qui jamais ne l'auroit espéré
A l'amour d'un grand roi se verra préféré.
Du moins si vôtre cœur, sans desirs et sans crainte,
Pour toujours de l'hymen avoit fui la contrainte;
Mais de ce double affront l'éclat injurieux
N'armera pas en vain un prince furieux.
Achevez sans rougir ce fatal hyménée,
Bravez toute l'Afrique, et couronnez Enée.
Il sera votre époux, il défendra vos droits ;
Et bientôt défiant le courroux de nos rois,
Suivi de ses Troyens...

             DIDON.
                Je m'abuse peut-être.
Vous pouvez cependant rejoindre votre maître.
C'est à lui de choisir ou la guerre ou la paix.
J'aime, j'épouse Enée ; et mes soldats sont prêts.
             IARBE.
Oui, madame, il choisit ; et vous verrez sans doute
Eclater des fureurs que pour vous je redoute.
Vous épousez Enée! et votre bouche, oh, ciel !
Me fait avec plaisir un aveu si cruel !
Ne tardons plus. Suivons le courroux qui m'en-
       traîne.
             DIDON.
Oubliez-vous qu'ici vous parlez à la reine ?
             IARBE.
A ma témérité reconnoissez un roi.
             DIDON.
Quoi ! se peut-il qu'Iarbe...
             IARBE.
                Oui, cruelle, c'est moi.
Dès mes plus jeunes ans par le destin contraire
Conduit dans les climats où regne votre frere,
Je vous vis. Vos malheurs firent taire mes feux.
Un autre parleroit des tourments rigoureux
Qui remplirent depuis une vie odieuse,

Qui ne sauroit sans vous être jamais heureuse.
Je ne viens point ici de moi-même enivré,
Vous faire de ma flamme un aveu préparé.
Peu fait à l'art d'aimer, j'ignore ce langage
Que pour surprendre un cœur l'amour met en usage.
Je laisse à mes rivaux les soupirs, les langueurs,
Du luxe asiatique hommages séducteurs :
Vains et lâches transports dont la vertu murmure,
Qu'enfante la mollesse, et que suit le parjure.
Je vous offre ma main, mon trône, mes soldats.
Dites un mot, madame, et je vole aux combats.
Je dompterai, s'il faut, l'Afrique et votre frere.
Mais malheur au rival dont l'ardeur téméraire
Osera disputer à mon amour jaloux
Le bonheur de vous plaire, et de vaincre pour vous.

DIDON.

Seigneur, de votre amour justement étonnée,
A de nouveaux revers je me vois condamnée;
Car enfin, quel que soit le transport de vos feux,
Mon cœur n'est plus à moi pour écouter vos vœux.
Mais quoi! je connois trop cette vertu sévere
Dont votre auguste front porte le caractere.
Un héros tel que vous, fameux par ses exploits,
Dont l'Afrique redoute et respecte les lois,
Maître de tant d'états, doit l'être de son ame.
Voudroit-il, n'écoutant que sa jalouse flamme,
D'un amant ordinaire imiter les fureurs?
Non, ce n'est pas aux rois d'être tyrans des cœurs.
Montrez-vous fils du Dieu que l'Olympe révere.
J'admire vos exploits : votre amitié m'est chere;
C'est à vous de savoir si je puis l'obtenir.
Ou, si de mes refus vous voulez me punir,
Si dans les mouvements du feu qui vous anime,
Vous voulez seconder le destin qui m'opprime,
Hâtez-vous, signalez votre jaloux transport :
Accablez une reine en butte aux coups du sort,

Qui prête à voir sur elle éclater le tonnerre,
Peut succomber enfin sous une injuste guerre ;
Mais que le sort cruel n'abaissera jamais
A contraindre son cœur pour acheter la paix.

(Elle sort.)

IARBE.

Dieux ! quel trouble est le mien ! Le feu qui me
    dévore,
Malgré ses fiers dédains, peut-il durer encore ?
Où courez-vous, Zama ?

SCENE VI.

IARBE, ZAMA.

ZAMA.

                    Seigneur, songez à vous :
On soupçonne qu'Iarbe est caché parmi nous.
Un bruit sourd et confus...

IARBE.

                    Il n'est plus temps de feindre,
Iarbe est découvert ; mais tu n'as rien à craindre.

ZAMA.

Hé quoi ! lorsqu'on s'attend à voir de toutes parts
Vos soldats furieux assiéger ces remparts,
Croyez-vous qu'un rival, l'objet de votre haine...

IARBE.

Malheureux ! où m'emporte une tendresse vaine ;
La rage et le dépit me font verser des pleurs.
N'ai-je pu déguiser mes jalouses fureurs !
Et toi, qui dois rougir du feu qui me surmonte,
Toi, qui devrois venger ma douleur et ma honte,
Maître de l'univers, les dédains, les mépris,
Si je suis né de toi, sont-ils faits pour ton fils !

FIN DU SECOND ACTE.

ACTE III.

SCENE PREMIERE.

IARBE, MADHERBAL.

IARBE.

Non, tu combats en vain l'amour qui me possede.
Une prompte vengeance en est le seul remede.
J'estime tes conseils, j'admire ta vertu.
Sous le joug malgré moi je me sens abattu.
Je vois ce que mon rang me prescrit et m'ordonne,
Un excès de foiblesse est indigne du trône.
Je sais qu'un souverain, qu'un guerrier tel que moi,
N'est point fait pour céder à la commune loi;
Qu'il faut, loin de gémir dans un lâche esclavage,
Que sur ses passions il regne avec courage;
Et qu'un grand cœur enfin devroit toujours songer
A vaincre son amour plutôt qu'à le venger.
Sans doute, et de mes feux je dois rougir peut-être.
Mais la raison nous parle, et l'amour est le maître.
Que sais-je! La fureur ne peut-elle à son tour,
Dans un cœur outragé succéder à l'amour?
Ou si je veux en vain surmonter sa puissance,
Du moins l'heureux succès d'une juste vengeance
Adoucira les soins qui troublent mon repos :
Et c'est toujours un bien que de venger ses maux.

MADHERBAL.

Je vous plains d'autant plus que votre cœur lui-même,
Seigneur, paroît gémir de sa foiblesse extrême.
Ah! si votre ame en vain tâche de se guérir,
Si vos propres malheurs ne servent qu'à l'aigrir,
Brisez avec fierté de rigoureuses chaînes;
Mais n'intéressez point votre gloire à vos peines.
Les refus de la reine offensent votre honneur.
Ils arment vos sujets. Non, je ne puis, seigneur,
Dans de pareils transports vous flatter ni vous croire,
Qu'a de commun enfin l'amour avec la gloire?
Et le refus d'un cœur est-il donc un affront
Qui doive d'un héros faire rougir le front?
Songez...

IARBE.

J'aime la reine, un autre me l'enleve!
Ah! s'il faut malgré moi que leur hymen s'acheve,
Je ne souffrirai pas qu'heureux impunément,
Ils insultent ensemble à mon égarement.
A quoi me réduis-tu, trop cruelle princesse!
Tu sais comme mon cœur, tout plein de sa tendresse,
Venoit avec transport offrir à tes appas
Un secours nécessaire à tes foibles états.
J'ai voulu contre tous défendre ton empire,
Et tu veux me forcer, ingrate, à le détruire.

MADHERBAL.

Hé bien, suivez, seigneur, ce courroux éclatant;
Et d'un combat affreux précipitez l'instant.
Baignez-vous dans le sang, frappez votre victime
En amant furieux plus qu'en roi magnanime.
C'est aux dieux maintenant d'être notre soutien.
Je vois, sans en frémir, son danger et le mien.
Avec la même ardeur, avec le même zele
Que j'ai parlé pour vous, je périrai pour elle.
Et l'univers, peut-être, instruit de ses douleurs,

4.

Détestera vos feux, et plaindra ses malheurs.

IARBE.

Eh ! que m'importe à moi ce frivole murmure,
Pourvu que ma vengeance efface mon injure ?
Non, non, d'une maîtresse adorer les rigueurs,
Ménager son caprice, et respecter ses pleurs,
C'est le frivole excès d'une pitié timide,
Et qui n'entra jamais dans le cœur d'un Numide.
J'exciterai, dis-tu, l'horreur de l'univers.
Et crois-tu que le Dieu qui tonne dans les airs
Souffre sans éclater qu'une femme étrangere
Au sang de Jupiter indignement préfere
Un transfuge échappé des bords du Simoïs,
Qui n'a su ni mourir, ni sauver son pays,
Et qui n'apporte ici, du fond de la Phrygie,
Que les crimes de Troie, et les mœurs de l'Asie ?
J'en atteste le Dieu dont j'ai reçu le jour.
Ces superbes remparts témoins de mon amour,
Ces lieux où, dévoré d'une flamme trop vaine,
J'ai moi-même essuyé les refus de ta reine,
Ne me reverront plus que la flamme à la main,
Jusque dans son palais me frayer un chemin.
J'assemblerai, s'il faut, toute l'Ethiopie.
Dans ses déserts brûlants j'armerai la Nubie.
Bientôt les Africains seront tous animés
De ces mêmes transports dans mon cœur allumés ;
Vos temples et vos murs seront réduits en poudre,
Et, fils de Jupiter, j'y porterai la foudre. (1)

(il sort.)

---

(1) *Note de l'Editeur*. Pompignan observe dans la
préface de cette tragédie qu'il y a fait des corrections et
même des changements considérables. En effet, l'édition
qu'il en a publiée en 1734 differe presque, de scene en
scene, de l'édition de 1784 dont j'ai suivi le texte.
Cependant, à la fin de ce couplet d'Iarbe, j'ai repris

MADHERBAL.

Juste ciel, qui m'entends, écarte ces horreurs.
Elise vient. Sait-elle encor tous nos malheurs?

---

quatre vers de l'ancienne édition. Dans celle de 1784
il se termine ainsi :

Des peuples inconnus suivront mes étendards.
Un déluge de feux couvrira vos remparts;
Et si ce n'est assez pour les réduire en poudre,
Mes cris iront aux cieux, et j'ai pour moi la foudre.

Dans un examen de Didon que je n'ai pas conservé,
Pompignan discute ses propres corrections. Il prétend
que ce vers,

Et, fils de Jupiter, j'y porterai la foudre,

n'a qu'un faux brillant. « Il n'est pas vrai, ajoute-t-il,
« qu'un fils de Jupiter lance la foudre. Ce sont de ces
« *concetti* que rien ne justifie, pas même les battements
« de mains. Iarbe a pour lui sa naissance et la protection
« du maître des dieux, c'est tout ce qu'il doit dire. »
  Quel que soit l'avis de Pompignan, je préfère, sans
balancer, à ce vers terne, flasque et glacé,

Mes cris iront aux cieux, et j'ai pour moi la foudre,

ce vers énergique et fier,

Et, fils de Jupiter, j'y porterai la foudre.

Je ne vois là ni faux brillant, ni *concetti*. J'y vois une
saillie de jactance très naturelle dans un personnage passionné. La menace du Numide n'est même pas essentiellement contraire à ce qu'on peut appeler les convenances
ou les mœurs mythologiques.
  Iarbe, amant dédaigné, furieux, méditant la vengeance, et orgueilleux de sa céleste origine, ne peut-il
pas se flatter que le fils de Jupiter obtiendra de lancer la
foudre, comme le fils d'Apollon a obtenu de conduire
le char du Soleil?
  Au reste, au moyen de ma note, les deux manieres
sont conservées.

SCENE II.

ELISE, MADHERBAL.

MADHERBAL.

Enfin, voici le jour marqué par nos alarmes.
Madame, c'en est fait : Iarbe court aux armes.
Témoin de la fureur qui dévore ses sens,
Je viens de recevoir ses adieux menaçants.
Le bruit dans nos remparts va bientôt s'en répandre.

ÉLISE.

A de pareils transports la reine a dû s'attendre.
Je courois sur vos pas la chercher en ces lieux.
Je la vois. La douleur est peinte dans ses yeux.

SCENE III.

DIDON, ELISE, MADHERBAL.

DIDON.

Ah! venez rassurer une amante troublée.
Des guerriers Phrygiens l'élite est assemblée.
Leurs prêtres ont déja fait dresser des autels.
Ils entraînent Enée aux pieds des immortels.
Elise, autour de lui je ne vois que des traîtres.

ÉLISE.

Hé quoi! soupçonnez-vous la vertu de leurs prêtres?
Qui sait si par leurs soins les volontés du sort
Avec tous vos projets ne seront pas d'accord?
Que craignez-vous?

DIDON.

Je crains ce que leur bouche annonce.

Jamais la vérité ne dicta leur réponse.
Je ne sais ; mais mon cœur est pénétré d'effroi :
Et ce moment, peut-être, est funeste pour moi.

MADHERBAL.

Permettez, au milieu de vos tristes alarmes,
Qu'un zélé serviteur interrompe vos larmes.
Vous devez votre esprit, madame, à d'autres soins.
L'amour a ses moments, l'état a ses besoins.
D'un Africain jaloux vous concevez la rage.
C'est à nous de songer à prévenir l'orage.
Je n'examine plus si l'hymen d'un grand roi,
Si cent peuples soumis à votre auguste loi,
Vos sujets glorieux étendant leur puissance
Jusqu'aux bords où le Nil semble prendre naissance,
Si l'avantage enfin de donner à vos fils
Jupiter pour aïeul, et les dieux pour amis,
D'un éclat si flatteur devoient remplir votre ame,
Ou du moins quelque temps balancer votre flamme.
Avant que votre cœur, pour la derniere fois,
Aux yeux même d'Iarbe eût déclaré son choix,
J'ai cru devoir vous dire, en ministre fidele,
Tout ce que m'inspiroient votre gloire et mon zele ;
Et ce n'est qu'à ce prix qu'un sujet plein d'honneur
Doit jamais de son maître accepter la faveur.
Mais si sa volonté ne peut être changée,
N'importe en quels projets son ame est engagée,
Résister trop long-temps, ce seroit le trahir :
C'est aux dieux de juger, aux sujets d'obéir.
Ainsi, ne pensons plus qu'à la prompte défense
Qui peut de l'ennemi confondre l'espérance :
Bientôt sur ces remparts tous nos chefs rassemblés,
Calmeront par mes soins nos citoyens troublés.
En vain contre Didon l'Afrique est conjurée :
Du peuple et du soldat ma reine est adorée.
Tout peuple est redoutable, et tout soldat heureux,

Quand il aime ses rois en combattant pour eux.

ÉLISE.

Oui, je ne doute point qu'au gré de votre envie,
Les Tyriens pour vous ne prodiguent leur vie.
Mais quoi! vous oubliez qu'un téméraire amour,
Ose vous menacer jusque dans votre cour!
Je ne le cache point; instruit de cette injure,
Autour de ce palais votre peuple murmure;
Il demande vengeance, et se plaint hautement
Qu'Iarbe dans ses murs vous brave impunément.
Et si l'on en croyoit les discours de Carthage,
Par votre ordre en ces lieux retenu pour ôtage...

DIDON.

Le retenir ici! Qu'ose-t-on proposer?
De son funeste amour est-ce à moi d'abuser?
Je sais que des flatteurs les coupables maximes
Du nom de politique honorent de tels crimes.
Je sais que, trop séduits par de vaines raisons,
Mille fois mes pareils, dans leur lâches soupçons,
Ont violé le droit des palais et des temples.
La cour de plus d'un prince en offre des exemples;
Mais un traître jamais ne doit être imité.
Moi, qu'oubliant les lois de l'hospitalité,
D'un roi, dans mon palais, j'outrage la personne!
Est-ce aux rois d'avilir l'éclat de la couronne,
Nous qui devons donner au reste des humains
L'exemple du respect qu'on doit aux souverains?
Oui, malgré les malheurs où son courroux nous jette,
Allez; et que ma garde assure sa retraite.
Que ce prince, à l'abri de toute trahison,
Accable, s'il le peut, mais respecte Didon.
J'aime mieux, au péril d'une guerre barbare,
Que l'univers, témoin du sort qu'on me prépare,
Condamne un vain excès de générosité,
Que s'il me reprochoit la moindre lâcheté.

SCENE IV.

DIDON, ELISE.

DIDON.

Ah ! c'est trop retenir ma douleur et mes larmes. .
Mon amant peut lui seul dissiper mes alarmes.
Qu'il tarde à revenir ! Et vous, peuples ingrats,
Loin de mes yeux encor retiendrez-vous ses pas ?

ÉLISE.

Il vient.

DIDON.

A son aspect que ma crainte redouble.
Tout est perdu pour moi : je le sens à mon trouble.

SCENE V.

ENÉE, DIDON, ELISE.

ÉNÉE.

Dieux ! je ne croyois pas la rencontrer ici.

DIDON.

Approchons. Mon destin va donc être éclairci.
Vous me fuyez, seigneur !

ÉNÉE.

Malheureuse princesse !
Je ne méritois pas toute votre tendresse.

DIDON.

Non, je vous aimerai jusqu'au dernier soupir.
Mais que dois-je penser ? Je vous entends gémir.
Vous détournez de moi votre vue égarée...
Ah ! de trop de soupçons mon ame est dévorée
Seigneur !

ÉNÉE.

Au désespoir je suis abandonné.
Vous voyez des mortels le plus infortuné.
Mon cœur frémit encor de ce qu'il vient d'apprendre.
Dans le camp des Troyens le ciel s'est fait entendre.
Il s'explique, madame, et me réduit au choix
D'être ingrat envers vous, ou d'enfreindre ses lois.
Une voix formidable, aux mortels inconnue,
A murmuré long-temps dans le sein de la nue.
Le jour en a pâli, la terre en a tremblé;
L'autel s'est entr'ouvert, et le prêtre a parlé.
« Etouffe, m'a-t-il dit, une tendresse vaine.
« Il ne t'est pas permis de disposer de toi.
« Fuis des murs de Carthage : abandonne la reine;
« Le destin pour un autre a réservé ta foi. »
Tout le peuple aussitôt pousse des cris de joie.
Jugez du désespoir où mon ame se noie.
J'ai voulu vainement combattre leurs projets.
On m'oppose du Ciel les absolus décrets,
Les champs Ausoniens promis à notre audace,
Et l'univers soumis aux héros de ma race;
Dans un repos obscur Enée enseveli,
Ses exploits oubliés, son honneur avili,
Des Troyens fugitifs la fortune incertaine,
De vos propres sujets le mépris et la haine.
Que vous dirai-je enfin? Accablé de douleur,
Déchiré par l'amour, entraîné par l'honneur...

DIDON.

Qu'avez-vous résolu?

ÉNÉE.

Plaignez plutôt mon ame.
Tout parloit contre vous, tout condamnoit ma
    flamme,
Ma gloire, mes sujets, nos prêtres, et mon fils...

DIDON.

N'achevez pas, cruel, vous avez tout promis.

Où suis-je ! N'est-ce point un songe qui m'abuse?
Est-ce vous que j'entends? Interdite, confuse,
Je sens ma foible voix dans ma bouche expirer.
Est-il bien vrai ! Ce jour va donc nous séparer !
Qui me consolera de mes douleurs profondes?
Mon cœur, mon triste cœur vous suivra sur les ondes.
Et d'une vaine gloire occupé tout entier,
Au fond de l'univers vous irez m'oublier.
M'oublier ! Ah, cruel ! de quelle affreuse idée
Mon ame, en vous perdant, se verra possédée !
J'ai tout sacrifié, j'ai tout trahi pour vous;
Je romps la foi jurée à mon premier époux.
Des rois les plus puissants je dédaigne l'hommage,
J'expose pour vous seul le salut de Carthage ;
Je le fais avec joie, et le Ciel m'est témoin
Que mon amour voudroit aller encor plus loin.
Hélas ! de notre hymen la pompe est ordonnée.
Je volois dans tes bras, cher et barbare Enée !
Mais que dis-je? Ton sort ne dépend plus de toi.
Je t'ai livré mon cœur, tu m'as donné ta foi ;
Les serments font l'hymen, et je suis ton épouse:
Oui, je la suis, Enée !

ÉNÉE.

O fortune jalouse !
Pouvois-tu m'accabler par de plus rudes coups ?
Ah ! je suis mille fois plus à plaindre que vous.
Vous régnez en ces lieux ; ce trône est votre ouvrage.
Le Ciel n'a point proscrit les remparts de Carthage :
Il les voit s'élever, et ne vous force pas
D'aller de mers en mers chercher d'autres états.
Le soin de gouverner un peuple qui vous aime,
L'éclat et les attraits de la grandeur suprème,
Effaceront bientôt une triste amitié
Que nourrissoit pour moi votre seule pitié.
Et moi jusqu'au tombeau j'aimerai ma princesse.
Mon cœur vers ces climats revolera sans cesse.

Climats trop fortunés, où l'on vit sous vos lois.
Hélas ! si de mon sort j'avois ici le choix,
Bornant à vous aimer le bonheur de ma vie,
Je tiendrois de vos mains un sceptre, une patrie.
Les dieux m'ont envié le seul de leurs bienfaits
Qui pouvoit réparer tous les maux qu'ils m'ont faits.
Adieu, vivez heureuse, et régnez dans l'Afrique.

DIDON.

Ainsi vous remplirez ce décret tyrannique,
Cet oracle fatal si souvent démenti.
Mon espoir, mes projets, tout est anéanti.
Ni l'état déplorable où l'amour m'a réduite,
Ni la mort qui m'attend, n'arrêtent votre fuite.
Vous rompez sans gémir les liens les plus doux.
Mais pour votre départ quel temps choisissez-vous!
Nul vaisseau n'ose encor reparoître sur l'onde.
Voyez ce ciel obscur, et cette mer qui gronde.
Ah ! prince, quand ces murs défendus par Hector,
Quand ce même Ilion subsisteroit encor,
Dans les tombeaux de l'onde iriez-vous chercher
     Troie ?
Attendez que des mers le Ciel ouvre la voie.
Et puisqu'il faut enfin vous perdre pour toujours,
Que je vous perde au moins sans craindre pour vos
     jours.

ÉNÉE.

A vos desirs, aux miens, le Ciel est inflexible.
Hélas ! si vous m'aimez, montrez-vous moins sensible.
Obéissez en reine aux volontés du sort.
Rien ne peut des Troyens modérer le transport.
Effrayés par l'oracle, et pleins d'un nouveau zèle,
Ils volent dès ce jour où le Ciel les appelle.
Moi-même vainement je voudrois arrêter
Des sujets contre moi prompts à se révolter.
Je les verrois bientôt... Mais quel sombre nuage,
Madame, en ce moment, trouble votre visage !

Vous ne m'écoutez plus, vous détournez les yeux.

DIDON.

Non, tu n'es point le sang des héros ni des dieux.
Au milieu des rochers tu reçus la naissance.
Un monstre des forêts éleva ton enfance;
Et tu n'as rien d'humain que l'art trop dangereux
De seduire une femme et de trahir ses feux.
Dis-moi, qui t'appeloit aux bords de la Libye?
T'ai-je arraché moi-même au sein de ta patrie?
Te fais-je abandonner un empire assuré,
Toi, qui dans l'univers, proscrit, désespéré,
Environné par-tout d'ennemis et d'obstacles;
Serois encor sans moi le jouet des oracles!
Les immortels, jaloux du soin de ta grandeur,
Menacent tes refus de leur courroux vengeur.
Ah!—ces présages vains n'ont rien qui m'épouvante.
Il faut d'autres raisons pour convaincre une amante.
Tranquilles dans les cieux, contents de nos autels,
Les dieux s'occupent-ils des amours des mortels?
Notre cœur est un bien que leur bonté nous laisse.
Ou si jusques à nous leur majesté s'abaisse,
Ce n'est que pour punir des traîtres comme toi,
Qui d'une foible amante ont abusé la foi.
Crains d'attester encor leur puissance suprême.
Leur foudre ne doit plus gronder que sur toi-même;
Mais tu ne connois point leur austère équité,
Tes dieux sont le parjure et l'infidélité.

ÉNÉE.

Hélas! que vos transports ajoutent à ma peine!
Moi-même je succombe, et mon ame incertaine
Ne sauroit soutenir l'état où je vous vois.
Didon!

DIDON.

Adieu, cruel, pour la derniere fois:
Va, cours, vole au milieu des vents et des orages;
Préfere à mon palais les lieux les plus sauvages;

Cherche au prix de tes jours ces dangereux climats
Où tu ne dois régner qu'après mille combats.
Hélas ! mon cœur charmé t'offroit dans ces asiles
Un trône aussi brillant et des biens plus tranquilles.
Cependant tes refus ne peuvent me guérir.
Mes pleurs et mes regrets, qui n'ont pu t'attendrir,
Loin d'éteindre mes feux, les redoublent encore.
Je devrois te haïr, ingrat, et je t'adore.
Oui, tu peux sans amour t'éloigner de ces bords,
Mais ne crois pas du moins me quitter sans remords.
Ton cœur fût-il encor mille fois plus barbare,
Tu donneras des pleurs au jour qui nous sépare ;
Et du haut de ces murs, témoins de mon trépas,
Les feux de mon bûcher vont éclairer tes pas.

ÉNÉE.

Ah, madame, arrêtez !

DIDON.

Ah, laisse-moi, perfide !

ÉNÉE.

Où courez-vous ? Souffrez que la raison vous guide.

DIDON.

Va, je n'attends de toi ni pitié ni secours.
Tu veux m'abandonner ; que t'importent mes jours ?

ÉNÉE.

Hé bien, malgré les dieux vous serez obéie.
Elle fuit. Arrêtez. Prenons soin de sa vie.

SCENE VI.

ENÉE, ACHATE.

ACHATE.

Seigneur, les Phrygiens n'attendent que leur roi.
Partons. Le ciel l'ordonne.

ÉNÉE.

Achate, laisse-moi;
Le ciel n'ordonne pas que je sois un barbare.

(Il sort.)

ACHATE.

Que vois-je ! Quel transport de son ame s'empare !
Courons ; sachons les soins dont il est combattu.
Dieux ! faut-il que l'amour surmonte la vertu !

FIN DU TROISIEME ACTE.

ACTE IV.

SCENE PREMIERE.

ACHATE, MADHERBAL.

MADHERBAL.

Où courez-vous, Achate?

ACHATE.

          Où mon devoir m'entraîne:
Vous enlever mon prince, et sauver votre reine.

MADHERBAL.

Quel est donc ce discours? Expliquez-vous.

ACHATE.

                Craignez
Un peuple, des soldats, justement indignés.
La voix d'un Dieu vengeur a tonné sur leurs têtes,
D'un hymén qu'il condamne interrompez les fêtes.
Le ciel arrache Enée aux transports de Didon,
Et les débris de Troie aux enfants de Sidon.
Obéissez aux dieux, et rendez-nous Enée.

MADHERBAL.

Ah! puisse-t-il bientôt remplir sa destinée!
Puisse-t-il, consolé de ses premiers malheurs,
Du ciel qui le protége épuiser les faveurs,
Enchaîner à jamais la Fortune volage,
Et régner glorieux ailleurs que dans Carthage!

ACHATE.

Est-ce vous que j'entends, Madherbal?

MADHERBAL.

          Oui, c'est moi
Qui gémis sur ma reine, et qui plains votre roi.
Le sort ne les fit point pour être heureux ensemble.
Je déplore avec vous le nœud qui les assemble,
Nœud funeste et cruel, que l'Amour en courroux
A formé pour les perdre et nous détruire tous.
Enée est un héros que l'univers admire ;
Mais d'une jeune reine il renverse l'empire.
La gloire, la pitié, tout presse son départ.
S'il diffère d'un jour il partira trop tard.

ACHATE.

Je ne puis vous cacher ma joie et ma surprise.
Ministre vertueux, pardonnez la franchise
D'un soldat qui jugeoit de vous par vos pareils.
Favori de la reine, ame de ses conseils,
Et par elle sans doute instruit de sa tendresse,
J'ai cru que vous serviez ou flattiez sa foiblesse.
L'absolu ministere est remis dans vos mains.
J'ai vu tous les apprêts d'un hymen que je crains.
Et pouvois-je...

MADHERBAL.

          Et voilà le destin des ministres !
Victimes de discours, de jugements sinistres ;
Coupables, si l'on croit le peuple et le soldat,
Des foiblesses du prince et des maux de l'état.
Emplois trop enviés que la foudre environne !
Heureux qui voit de loin l'éclat de la couronne !
Heureux qui pour son roi plein de zele et d'amour,
Le sert dans les combats, et jamais à la cour !
Nous sommes menacés d'une attaque prochaine.
Je venois de mes soins rendre compte à la reine :
Je n'ai pu pénétrer au fond de son palais.
Cependant nos soldats, nos citoyens, sont prêts :
Daignent les justes dieux soutenir sa querelle.
Contre tant d'ennemis que pourroit notre zele ?

La porte s'ouvre. On vient. C'est votre roi qui sort.
J'ai rempli mon devoir, et n'attends que la mort.

SCENE II.

ENÉE, ELISE, ACHATE.

ÉNÉE.

Elise, que la reine étouffe ses alarmes. .
Enée à ses beaux yeux a coûté trop de larmes.
Je cours aux Phrygiens déclarer mes projets,
D'un départ trop fatal détruire les apprêts,
Et bientôt, ramené par l'amour le plus tendre,
J'irai plein de transports la revoir et l'entendre :
D'un hymen desiré presser les doux liens,
Et porter à ses pieds l'hommage des Troyens.

SCENE III.

ENÉE, ACHATE.

ACHATE.

Dieux! le permettrez-vous? Seigneur, votre présence
Me rend tout à la fois la vie et l'espérance.
Vos vaisseaux réparés couvrent déjà les mers ;
Les cris des matelots font retentir les airs;
Un jour plus pur nous luit, et le vent nous seconde:
Hâtons-nous. Vos soldats, prêts à voler sur l'onde,
De leur chef en secret accusent la lenteur.

ÉNÉE.

J'ai vu la reine, Achate, et l'amour est vainqueur.

ACHATE.

Que dites-vous? l'amour! ah! je ne puis vous croire.
Non, l'amour n'est point fait pour étouffer la gloire.

Elle parle, elle ordonne, il lui faut obéir.
Ce n'est pas vous, seigneur, qui devez la trahir.

ÉNÉE.

Je n'ai que trop prévu ta plainte et tes reproches :
Ton maître en ce moment redoutoit tes approches.
Mais que veux-tu ? L'amour fait taire mes remords,
Et dans mon cœur trop foible il brave tes efforts.
Cependant tu le sais, et le ciel qui m'écoute
M'a vu sur ses décrets ne plus former de doute,
Renoncer à Didon, lui venir déclarer,
Qu'enfin ce triste jour nous alloit séparer;
A ses premiers transports demeurer inflexible,
Et paroître barbare autant qu'elle est sensible.
Je contenois mes feux prêts à se soulever.
Le dessein étoit pris, je n'ai pu l'achever.
Et je ne puis encor, tout plein de ce que j'aime,
Rappeler ce projet sans m'accuser moi-même.
Je courois vers Didon, quand tes empressements
Commençoient d'attester la foi de mes serments.
Que m'importoit alors une vaine promesse?
Je tremblois pour les jours de ma chere princesse.
Quel spectacle, grands dieux! quelle horreur! quel
    effroi!
Tout regrettoit la reine, et n'accusoit que moi.
Je ne puis sans frémir en retracer l'image.
Son ame de ses sens avoit perdu l'usage.
Son front pâle et défait, ses yeux à peine ouverts
Des ombres de la mort sembloient être couverts.
Cependant sa douleur et ses vives alarmes
Donnoient de nouveaux traits à l'éclat de ses charmes,
Et jusque dans ses yeux mourants, noyés de pleurs,
Je lisois son amour, mon crime, et ses malheurs.
Mais bientôt ses transports succédant au silence,
Je n'ai pu de mes feux vaincre la violence.
Je n'en saurois rougir, et tout autre que moi
D'un si cher ascendant auroit subi la loi.

Lorsqu'une amante en pleurs descend à la prière,
C'est alors qu'elle exerce une puissance entière;
Et l'amour qui gémit est plus impérieux,
Que la gloire, le sort, le devoir, et les dieux.

ACHATE.

Qu'entends-je? est-il bien vrai? quelle foiblesse
  extrême!
Quoi! l'amour... Non, seigneur, vous n'êtes plus
  vous-même.
Que diront les Troyens? Que dira l'univers?
On attend vos exploits, et vous portez des fers.

ÉNÉE.

Hé quoi! prétendrois-tu que mon ame timide
N'eût dans ses actions qu'un vain peuple pour guide?
Crois-moi, tant de héros si souvent condamnés
D'un œil bien différent seroient examinés,
Si chacun des mortels connoissoit par lui-même
Le pénible embarras qui suit le diadême;
Ce combat éternel de nos propres desirs;
Et le joug de la gloire et l'amour des plaisirs :
Ces goûts, ces sentiments unis pour nous séduire,
Dont il faut triompher, et qu'on ne peut détruire.
Dans l'esprit du vulgaire un moment dangereux
Suffit pour décider d'un prince malheureux.
Témoin de nos revers, sans partager nos peines,
Tranquille spectateur des alarmes soudaines
Que le sort envieux mêle avec nos exploits,
Le dernier des humains prétend juger les rois.
Et tu veux que, soumis à de pareils caprices,
Je doive au préjugé mes vertus ou mes vices?

ACHATE.

Hé bien! laissez le peuple injuste et plein d'erreurs
Remplir tout l'univers d'insolentes rumeurs.
Serez-vous moins soigneux de votre renommée?
Et votre ame aujourd'hui de ses feux consumée
Veut-elle sans retour languir dans ses liens?

ÉNÉE.

Eh! n'ai-je pas fini les malheurs des Troyens?
De la main de Didon je tiens une couronne :
Je possede son cœur, je partage son trône.
Quelle gloire pour moi peut avoir plus d'appas?

ACHATE.

La gloire n'est jamais où la vertu n'est pas.
Fidele adorateur des dieux de nos ancêtres,
Osez-vous résister à la voix de nos maîtres?
Oubliez-vous, seigneur, leurs ordres absolus,
Et des mânes d'Hector ne vous souvient-il plus?
C'est par vous que j'ai su qu'en cette nuit terrible
Qui vit de nos remparts l'embrasement horrible,
Vous trouvâtes son ombre au pied de nos autels :
« Fuyez, vous cria-t-il, enfant des immortels,
« Recueillez les débris de ma triste patrie,
« Et ces dieux protecteurs qu'Ilion vous confie.
« Vesta, le feu sacré, sont remis dans vos mains
« Comme un gage éternel du respect des humains;
« Qu'ils suivent sur les mers la fortune d'Enée.
« Cherchez l'heureuse terre aux Troyens destinée.
« Partez, d'un nouveau trône auguste fondateur. »
Ainsi parloit Hector, ainsi parloit l'honneur.
L'honneur, Hector, le ciel, rien n'ébranle votre ame.
Aimez donc. Devenez l'esclave d'une femme.
Mais il vous reste un fils; ce fils n'est plus à vous;
Il appartient aux dieux, de sa grandeur jaloux.
Par ma bouche aujourd'hui vos peuples le deman-
    dent.
Promis à l'univers les nations l'attendent.
Vous le savez, seigneur; vous qui, dans les combats,
De ce fils jeune encor deviez guider les pas.
Ses neveux fonderont une cité guerriere
Qui changera le sort de la nature entiere,
Qui lancera la foudre, ou donnera des lois,
Et dont les citoyens commanderont aux rois.

Déja dans ses décrets le maître du tonnerre
Livre à ce peuple roi l'empire de la terre.
Laissez à votre fils commencer un destin
Dont les siecles futurs ne verront point la fin;
Et n'avilissez plus dans une paix profonde
Le sang qui doit former les conquérants du monde.

ÉNÉE.

Arrête! C'en est trop. Mes esprits étonnés,
Sous un jong inconnu semblent être enchaînés.
Quel feu pur et divin, quel éclat de lumiere
Embrase en ce moment mon ame tout entiere!
Oui, je commence à rompre un charme dangereux.
A cette noble image, à ces traits généreux,
A ces mâles discours dont la force me touche,
Je reconnois les dieux qui parlent par ta bouche.
Hé bien! obéissons. Il ne faut plus songer
A ces nœuds si charmants qui m'alloient engager.
Viens. Je te suis. Et vous, à qui je sacrifie
L'objet de mon amour, le bonheur de ma vie,
Sages divinités, dont les soins éternels
Président chaque jour au destin des mortels,
Recevez un adieu que mon ame tremblante
Craint d'offrir d'elle-même aux transports d'une
    amante.
Ne l'abandonnez pas, daignez la consoler.
C'est à vous seuls, grands dieux, que j'ai pu l'im-
    moler!
Allons.

ACHATE.

Ah! c'est la reine! ô funeste présage!

ÉNÉE.

Oh, dieux! et vous voulez que je quitte Carthage!
Mais quels cris! quel tumulte...

SCENE IV.

DIDON, ENÉE, ACHATE.

DIDON.

Ouvrez-leur mon palais :
A ces peuples ingrats épargnons des forfaits.

ÉNÉE.

Quoi ! dans ces lieux sacrés vous êtes outragée !

DIDON.

Seigneur, de mon palais la porte est assiégée.

ÉNÉE.

Par qui ?

DIDON.

Par les Troyens.

ÉNÉE.

Ah, prince malheureux !
Achate, c'en est trop, vous me répondrez d'eux ;
Courez, et vengez-moi de leur lâche insolence.

(Achate sort.)

DIDON.

Non, non, je leur pardonne. Oublions leur offense.
Ils suivoient un faux zele, et loin de vous trahir,
A vos ordres peut-être ils croyoient obéir.
Hélas ! c'est la pitié qui seule vous arrête.
Vous couriez les rejoindre et la flotte étoit prête.
O douleur ! ô foiblesse ! ô triste souvenir !
De mon saisissement je ne puis revenir.
Ma force et ma raison m'avoient abandonnée :
Des portes de la mort vous m'avez ramenée.
Elise m'a parlé, seigneur : si je l'en crois,
Mon ame sur la vôtre a repris tous ses droits.
Cher prince, contre vous mon cœur est sans défense.
Dans les illusions d'une vaine espérance,

LE FRANC. I.   6

Vous pouvez d'un seul mot sans cesse m'égarer :
Mon sort est de vous croire et de vous adorer.

        ÉNÉE.

Vous ne régnez que trop sur mon ame éperdue.
J'obéissois aux dieux, mais je vous ai revue.
Mon amour à vos pleurs les a sacrifiés,
Et je suis malgré moi sacrilége à vos pieds.
Mais quel sera le fruit d'un excès de foiblesse ?
Des dieux triompheront s'ils combattent sans cesse.
Maîtres de nos destins et de nos cœurs...

       DIDON.

                         J'entends ;
Et ma funeste erreur a duré trop long-temps,
Je le vois : l'espérance est trop prompte à renaître.
Mes yeux s'ouvrent, seigneur, et je dois vous con-
    noître.
D'un amour malheureux j'ai pu sentir les coups ;
Mais pouvois-je exiger qu'un guerrier tel que vous,
Qu'un héros tant de fois utile à la Phrygie,
Qui doit vaincre et régner au péril de sa vie,
Dans la cour d'une reine abaissât son grand cœur
Aux serviles devoirs d'une amoureuse ardeur?
Didon en vous aimant sait se rendre justice.
Je ne méritois pas un si grand sacrifice
Vos desseins par mes pleurs ne sont plus balancés.
Vos feux et vos serments par la gloire effacés...

        ÉNÉE.

Quoi! toujours ma tendresse est-elle soupçonnée?

       DIDON.

Vous voulez me quitter, vous le voulez, Enée.
Je le sens, je le vois, et je ne prétends plus
Tenter auprès de vous des efforts superflus.
Mais avant que ce jour à jamais nous sépare,
Considérez du moins les maux qu'il me prépare.
Iarbe... hélas! seigneur, combien je m'abusois !

Iarbe a su par moi que je vous épousois.
Il l'a cru. Les flambeaux, les chants de l'hyménée
En ont instruit Carthage et l'Afrique indignée.
Etrangere en ces lieux, sans espoir de secours,
Je vois ce roi jaloux armé contre mes jours.
Et vous, à qui mon cœur sacrifioit sans peine
D'un amant redoutable et l'amour et la haine,
Vous, que je préférois au fils de Jupiter,
Vous, dont le souvenir me sera toujours cher,
Pour prix du tendre amour dont vous goûtiez les
       charmes,
Vous me laissez la guerre, et la honte, et les larmes.
Je ne devrai qu'à vous le trépas ou les fers :
Après cela, partez, mes ports vous sont ouverts.

SCENE V.

DIDON, ENÉE, ELISE, MADHERBAL,
SOLDATS CARTHAGINOIS.

MADHERBAL.

Les Africains, madame, avancent dans la plaine.
Ils ont même occupé la montagne prochaine.
Un nuage de sable élevé jusqu'aux cieux,
Et le déclin du jour, les cachent à nos yeux.
Mais s'il en faut juger et par leurs cris de guerre,
Et par le bruit des chars qui roulent sur la terre,
Conduite par Iarbe au sein de vos états,
Une armée innombrable accompagne ses pas.

ÉNÉE.

Qu'entends-je ! sur ces bords c'est moi qui les attire.
Reine, c'est donc à moi de sauver votre empire.
J'ai causé vos malheurs, et je dois les finir.
Iarbe vient à nous, je cours le prévenir.

DIDON.

Quoi! vous-même? Ah, seigneur! que mon ame
attendrie...

ÉNÉE.

Eh! quel autre que moi doit exposer sa vie?
Je pardonne à des rois sur le trône affermis
La pompe qui les cache aux traits des ennemis.
Mais moi que votre amour a sauvé du naufrage,
Moi qui trouble aujourd'hui le bonheur de Carthage,
Je défendrai vos jours, vos droits, vos Tyriens,
Dût périr avec moi jusqu'au nom des Troyens.
Suivez-moi, Madherbal. Adieu, chere princesse:
Qu'à nos malheurs communs l'univers s'intéresse;
Et courons l'un et l'autre assurer votre état,
Vous au pied des autels, et moi dans le combat.

FIN DU QUATRIEME ACTE.

ACTE V.

SCENE PREMIERE.

DIDON.

Venez à mon secours, dieux, ô dieux que j'implore.
Fantôme menaçant, quoi! tu me suis encore!
Quel effroi! quelle horreur! quel supplice nouveau!
Rentrez, mânes sanglants, dans la paix du tombeau.
Que vous importe, hélas! qu'une foible mortelle
Dans ce triste univers ne vous soit plus fidele?
Gardez-vous chez les morts tous vos droits sur mon
   cœur?
Un époux qui n'est plus est-il un dieu vengeur?
Elise, entends mes cris, et que ma voix t'éveille.
Elise? Oh, ciel!

SCENE II.

DIDON, ELISE.

ÉLISE.
Quel bruit a frappé mon oreille!
Quelle clameur plaintive...!

DIDON.
Approche: soutiens-moi.
Je me meurs.

6.

ÉLISE.

Quoi, madame! est-ce vous que je voi?
Les feux du jour encor ne percent point les ombres.
Les flambeaux presque éteints sous ces portiques
    sombres
Rendent plus effrayants le silence et la nuit.
Quel bizarre transport seule ici vous conduit?
Vous tremblez dans mes bras, tout votre sang se
    glace.
De votre auguste front l'éclat brillant s'efface;
Et vos regards, par-tout égarés dans ces lieux,
Semblent fuir un objet invisible à mes yeux.

DIDON.

Laisse-moi respirer, infortuné Sichée.
Ombre de mon époux, tu n'es que trop vengée.

ÉLISE.

Rassurez vos esprits. Ce malheureux époux
Dans la nuit des enfers ne pense point à vous.

DIDON.

Reine des dieux, Junon, témoin de ma foiblesse,
Tu te plais à nourrir ma fatale tendresse.
Mais tu n'étouffes pas les remords de mon cœur.
Hélas! je meurs d'amour, de honte, et de douleur.

ÉLISE.

Dieux, écartez les maux que son ame redoute.
Et quel nouveau malheur vous désespere?

DIDON.

Ecoute:
Et vois quel est enfin le fruit de mes amours.
La nuit du haut des airs précipitoit son cours;
Dans ce vaste palais tout dormoit hors ta reine;
Je veillois sous le poids de ma funeste chaîne,
La honte sur le front, et la mort dans le cœur,
De l'état où je suis j'envisageois l'horreur.
Dans mon appartement une voix lamentable
Interrompt tout-à-coup la douleur qui m'accable

Le bruit plaintif approche, et me glace d'effroi :
La porte s'ouvre : un spectre a paru devant moi.
Des flots de sang couloient de ses larges blessures ;
Ses sanglots redoublés formoient de longs murmures.
« Malheureuse, a-t-il dit, que devient ta vertu ?
« Didon, je t'adorois ; pourquoi me trahis-tu ? »
A ces terribles mots j'ai reconnu Sichée.
Son ombre tout en pleurs sur mon lit s'est penchée.
Je me leve : un feu pâle a brillé dans la nuit ;
J'entends un cri lugubre, et le spectre s'enfuit.
Je le suis à grands pas sous ces obscures voûtes,
Où menent du palais les plus secretes routes.
J'arrive en frémissant dans ces lieux révérés,
Qu'à cet époux trahi mon zele a consacrés ;
Où j'ai promis cent fois qu'une flamme éternelle..
Hélas ! à mes serments j'étois alors fidele.
D'un culte interrompu j'assemble les débris,
Des festons dispersés, des feuillages flétris :
L'autel en est couvert, et cent torches funebres
Ramenent la clarté dans le sein des ténebres.
Le marbre à mes regards d'abord offre les traits
D'un époux autrefois l'objet de mes regrets.
Je sens couler mes pleurs, j'approche, et je m'écrie :
« O toi, qui fus long-temps la moitié de ma vie,
« Epoux infortuné ! je n'ai pu dans ces lieux
« Recueillir de ma main tes restes précieux ;
« Sur la tombe où repose une cendre si chere
« Que le ciel soit plus pur, la terre plus légere !
« Apaisé par mes pleurs, content de mes remords,
« Attends-moi sans courroux dans l'empire des
        « morts.
« Permets que je t'implore, et que ces mains profanes
« Répandent cette eau pure et l'offrent à tes mânes. »
A ces mots, sur l'autel j'épanche la liqueur.
Mais, ô nouveau prodige ! ô spectacle d'horreur !
L'eau coule et disparoît. Des flots de sang jaillissent.

J'entends autour de moi des ombres qui gémissent.
D'infernales clameurs ont retenti trois fois;
Et de mon triste époux j'ai reconnu la voix,
Qui répétoit mon nom jusqu'au fond des abimes
Où l'effroyable Mort enchaine ses victimes.

ÉLISE.

Juste ciel !

DIDON.

　　　Des flambeaux j'ai vu pâlir les feux.
Juge de ma terreur dans ces moments affreux.
J'invoque de Junon le secours tutélaire,
Et sors avec effroi de ce noir sanctuaire.
Mais ce spectacle horrible accompagne mes pas;
Et je traine après moi l'Enfer et le trépas.

ÉLISE.

Le ciel sur vos amours jette un regard sévere,
Et les cris de Sichée ont armé sa colere.
Je frémis du récit que je viens d'écouter.
Sur vous l'orage gronde, il le faut écarter.
Du temple d'Hespérus consultons la prêtresse;
Les dieux daignent souvent inspirer sa vieillesse.
De la mer Atlantique elle a quitté les bords :
Carthage la possede ; employez ses efforts.
Sa redoutable voix peut aux royaumes sombres
Interroger la Mort, et conjurer les ombres.
Son art peut du Destin prévenir la rigueur.

DIDON.

Chere Elise, mon sort est au fond de mon cœur.
Je ne sais quel pouvoir en secret le maitrise;
Mais ce cœur désolé, que l'amour tyrannise,
Toujours de ses devoirs est prompt à triompher,
Et ne s'ouvre aux remords que pour les étouffer.
Est-il temps de fléchir la colere céleste ?
Ces ombres, ce fantôme, et son adieu funeste,
Du combat, loin des murs livré dans ce moment,
Sans doute m'annonçoient le triste événement.

Pour attaquer Iarbe et tout le peuple maure,
Enée a prévenu le retour de l'aurore.
De nos chefs et des siens ce héros entouré
Pour un combat nocturne avoit tout préparé.
Suivi de Madherbal il revient m'en instruire.
J'attends... Mais le soleil déja commence à luire.
Tout est tranquille encor.

ÉLISE.

Le calme de ces lieux
Semble nous annoncer un succès glorieux.
Les clameurs du soldat ne se font point entendre.
L'ennemi fuit.

(Barcé paroît dans le fond du théâtre.)

DIDON.

Barcé, que viens-tu nous apprendre?

SCENE III.

DIDON, ELISE, BARCÉ.

BARCÉ.

Dans ces lieux effrayés la paix est de retour,
Madame. A la clarté des premiers feux du jour
J'ai vu de toutes parts sur nos sanglantes rives
Des Africains rompus les troupes fugitives :
Carthage est délivrée, et ces peuples si fiers
Du bruit de votre nom vont remplir leurs déserts.

DIDON.

O triomphe ! ô succès ! victoire inespérée !
Exaucez jusqu'au bout une reine éplorée,
Dieux puissants, qui sauvez mon trône et mes sujets,
Faites grace à mon cœur, et rendez-lui la paix.
Enée à mes regards va-t-il bientôt paroître?

BARCÉ.

Madame...

DIDON.

Hé bien, Barcé?

BARCÉ.

Je m'alarme peut-être ;
Mais ce héros encor n'a pas frappé mes yeux,
Et même on n'entend point ces cris victorieux
Que, libre et respirant une barbare joie,
Le soldat effréné jusques au ciel envoie.
J'ai vu les Tyriens, confusément épars,
S'avancer en silence au pied de nos remparts.

DIDON.

Dieux! Que me dites-vous! On ne voit point Enée!
Cependant il triomphe. Aveugle destinée,
L'as-tu livré vainqueur aux traits de son rival?
Quel trouble me saisit... Mais je vois Madherbal.

SCENE IV.

DIDON, ELISE, BARCÉ, MADHERBAL.

DIDON.

Que venez-vous enfin m'annoncer?

MADHERBAL.

La victoire.
Ce jour vous rend le trône, et vous couvre de gloire.
Pendant que l'ennemi, plongé dans le sommeil,
Renvoyoit son attaque au lever du soleil,
Le héros des Troyens rassemble nos cohortes,
Leur parle en peu de mots, et fait ouvrir les portes.
Les feux des Africains nous servent de flambeaux.
L'on invoque les Dieux, et l'on suit les drapeaux.
Nous marchons. Le soldat, que la vengeance entraine,
Se dévoue à la mort, et jure par sa reine.
Nous arrivons aux lieux où de sombres clartés
Guidoient vers l'ennemi nos pas précipités.

Aussitôt le signal vole de bouche en bouche.
On observe en frappant un silence farouche.
Le sable est abreuvé du sang des Africains;
La nuit et le sommeil les livre dans nos mains.
La mort couvre leur camp de ses voiles funebres,
Et le ciel, obscurci par d'épaisses ténebres,
Ne retentit encor, dans ces moments d'horreur,
Ni des cris des mourants, ni des cris du vainqueur.
Cependant on s'éveille, on crie, on prend les armes.
Iarbe accourt lui-même au bruit de tant d'alarmes.
Il arrive, il ne voit que des gardes errants,
Des soldats massacrés l'un sur l'autre expirants :
Et par-tout ses regards trouvent l'affreuse image
D'une défaite entiere, et d'un vaste carnage.
A ce triste spectacle il frémit de courroux,
Et vole vers Enée à travers mille coups.
Les combattants surpris, reculant en arriere,
Autour de ces rivaux forment une barriere.
Ils fondent l'un sur l'autre, ils brûlent de fureur,
Et disputent long-temps d'adresse et de valeur.
Mais le Dieu des combats regle leur destinée.
Iarbe enfin chancelle, et tombe aux pieds d'Enée.
Il expire. Aussitôt les Africains troublés
S'échappent par la fuite à nos traits redoublés ;
Et tandis qu'éclairés des rayons de l'aurore
Le soldat les renverse, et les poursuit encore,
Le vainqueur sur ses pas rassemblant les Troyens,
Appelle autour de lui les chefs des Tyriens.
« Magnanimes sujets d'une illustre princesse,
« Qu'Enée et les Troyens regretteront sans cesse,
« Sous les lois de Didon puissiez-vous à jamais
« Goûter dans ces climats une profonde paix !
« J'espérois vainement de partager son trône ;
« L'inflexible destin autrement en ordonne :
« Trop heureux, quand le ciel m'arrache à ses appas,
« Qu'il m'ait permis du moins de sauver ses états,

« Et que mon bras vainqueur, assurant sa puissance,
« Lui laisse des garants de ma reconnoissance !
« Adieu, plein d'un amour malheureux et constant,
« Je l'adore, et je cours où la gloire m'attend. »

DIDON.

Dieux cruels !

MADHERBAL.

A ces mots il gagne le rivage,
Et soudain son vaisseau s'éloigne de Carthage.

DIDON.

Quel coup de foudre ! oh, ciel ! devois-je le prévoir ?
Il m'abandonne, il part. O honte ! ô désespoir !
O comble des malheurs où le destin me plonge !
Quoi, je n'en puis douter ! ce n'est point un vain songe !
Quoi ! de si tendres nœuds sont pour jamais rompus !
Il part. Quoi ! c'en est fait, je ne le verrai plus !
A ses derniers serments tandis que je me livre,
L'ingrat fuit sans me voir, sans m'ordonner de vivre.
Il veut donc que je meure. Et qu'ai-je fait, hélas !
Pour qu'un indigne amant me condamne au trépas ?
A-t-on vu mes vaisseaux assiéger le Scamandre,
Ou de son pere Anchise ai-je outragé la cendre ?
Je l'ai comblé de biens, lui, ses sujets, son fils ?
Tous régnoient sur un cœur qu'Enée avoit soumis.
Elise, en est-ce fait ? N'est-il plus d'espérance ?
Ah ! s'il voyoit mes pleurs, s'il sait que son absence...

ÉLISE.

Hélas ! que dites-vous ? Les ondes et les vents
Déja loin de l'Afrique...

DIDON.

Eh bien, je vous entends.
Il n'y faut plus penser. Ah, barbare ! ah, perfide !
Et voilà ce héros dont le ciel est le guide,
Ce guerrier magnanime, et ce mortel pieux
Qui sauva de la flamme et son pere et ses dieux !

Le parjure abusoit de ma foiblesse extrême,
Et la gloire n'est point à trahir ce qu'on aime.
Du sang dont il naquit j'ai dû me défier,
Et de Laomédon connoître l'héritier.
Cruel, tu t'applaudis de ce triomphe insigne.
De tes lâches aïeux, va, tu n'es que trop digne.
Mais tu me fuis en vain, mon ombre te suivra.
Tremble, ingrat, je mourrai; mais ma haine vivra.
Tu vas fonder le trône où le destin t'appelle,
Et moi je te déclare une guerre immortelle.
Mon peuple héritera de ma haine pour toi :
Le tien doit hériter de ton horreur pour moi.
Que ces peuples, rivaux sur la terre et sur l'onde,
De leurs divisions épouvantent le monde ;
Que pour mieux se détruire ils franchissent les mers ;
Qu'ils ne puissent ensemble habiter l'univers ;
Qu'une égale fureur sans cesse les dévore ;
Qu'après s'être assouvie elle renaisse encore ;
Qu'ils violent entre eux et la foi des traités,
Et les droits les plus saints et les plus respectés ;
Qu'excités par mes cris, les enfants de Carthage
Jurent dès le berceau de venger mon outrage :
Et puissent en mourant mes derniers successeurs
Sur tes derniers neveux être encor mes vengeurs !

ÉLISE.

Quels vœux! quelle fureur! et quels transports de
   haine!
Cachez des mouvements peu dignes d'une reine.
Au sein de la victoire oubliez vos revers.

DIDON.

Ma honte et mon amour remplissent l'univers :
J'en rougis. Il est temps que ma douleur finisse ;
Il est temps que je fasse un entier sacrifice :
Que je brise à jamais de funestes liens :
Le ciel en ce moment m'en ouvre les moyens.

DIDON.

Témoins des vœux cruels qu'arrachent à mon ame.
La fuite d'un parjure et l'excès de ma flamme,
Contre lui, justes dieux, ne les exaucez pas.
(Elle se frappe.)
Mourons... A cet ingrat pardonnez mon trépas.

ELISE.

Ah, ciel!

BARCÉ.

Quel désespoir!

MADHERBAL.

O fatale tendresse!

DIDON.

Vous voyez ce que peut une aveugle foiblesse.
Mes malheurs ne pouvoient finir que par ma mort.
Que n'ai-je su, grands dieux, maîtresse de mon sort,
Garder jusqu'au tombeau cette paix innocente
Qui fait les vrais plaisirs d'une ame indifférente!
J'en ai goûté long-temps les tranquilles douceurs...
Mais je sens du trépas les dernieres langueurs...
Et toi, dont j'ai troublé la haute destinée,
Toi, qui ne m'entends plus, adieu, mon cher Enée...
Ne crains point ma colere... elle expire avec moi...
Et mes derniers soupirs sont encore pour toi.
(Elle meurt.)

FIN DE DIDON.

POÉSIES SACRÉES.

POÉSIES SACRÉES.

ODES.

ODE PREMIERE,

Tirée du psaume LXVII : *Exurgat Deus.*

Dieu se leve : tombez, roi, temple, autel, idole.
Au feu de ses regards, au son de sa parole,
    Les Philistins ont fui.
Tel le vent dans les airs chasse au loin la fumée;
Tel un brasier ardent voit la cire enflammée
    Bouillonner devant lui.

    Chantez vos saintes conquêtes,
    Israël; dans vos festins,
    Offrez d'innocentes fêtes
    A l'auteur de vos destins.
    Jonchez de fleurs son passage,
    Votre gloire est son ouvrage,
    Et le Seigneur est son nom.
    Son bras venge vos alarmes
    Dans le sang et dans les larmes
    Des familles d'Ascalon.

Ils n'ont pu soutenir sa face étincelante;
Du timide orphelin, de la veuve tremblante

Il protége les droits.
Du fond du sanctuaire il nous parle à toute heure;
Il aime à rassembler dans la même demeure
    Ceux qui suivent ses lois.

    Touché du remords sincere,
    Il rompt les fers redoutés
    Qu'il forgea dans sa colere
    Pour ses enfants révoltés.
    Mais ses mains s'appesantissent
    Sur les peuples qui l'aigrissent
    Par des attentats nouveaux;
    Et dans des déserts arides
    Sur ces cœurs durs et perfides
    Il épuise ses fléaux.

Souverain d'Israël, Dieu vengeur, Dieu suprême,
Loin des rives du Nil tu conduisois toi-même
    Nos aïeux effrayés.
Parmi les eaux du ciel, les éclairs et la foudre,
Le mont de Sinaï prêt à tomber en poudre,
    Chancela sous tes pieds.

    De l'humide sein des nues
    Le pain que tu fis pleuvoir,
    A nos tribus éperdues
    Rendit la vie et l'espoir.
    Tu veilles sur ma patrie,
    Comme sur sa bergerie
    Veille un pasteur diligent;
    Et ta divine puissance
    Répand avec abondance
    Ses bienfaits sur l'indigent.

Sur l'abîme des flots, sur l'aile des tempêtes,
Tes ministres sacrés étendent leurs conquêtes

Aux lieux les plus lointains.
Ton peuple bien-aimé vaincra toute la terre,
Et le sceptre des rois, que détrône la guerre,
        Passera dans ses mains.

        Ses moindres efforts terrassent
        Ses ennemis furieux;
        Des périls qui le menacent
        Il sort toujours glorieux.
        Roi de la terre et de l'onde,
        Il éblouira le monde
        De sa nouvelle splendeur.
        Ainsi du haut des montagnes,
        La neige dans les campagnes
        Répand sa vive blancheur.

O monts délicieux! ô fertile héritage!
Lieux chéris du Seigneur, vous êtes l'heureux gage
        De son fidele amour.
Demeure des faux dieux, montagnes étrangeres,
Vous n'êtes point l'asile où le dieu de nos peres
        A fixé son séjour.

        Sion, quelle auguste fête!
        Quels transports vont éclater!
        Jusqu'à ton superbe faîte
        Le char de Dieu va monter.
        Il marche au milieu des anges
        Qui célebrent ses lounanges,
        Pénétrés d'un saint effroi.
        Sa gloire fut moins brillante
        Sur la montagne brûlante
        Où sa main grava sa loi.

Seigneur, tu veux régner au sein de nos provinces;
Tu reviens entouré de peuples et de princes,

Chargés de fers pesants.
L'idolâtre a frémi quand il t'a vu paroître ;
Et quoiqu'il n'ose encor t'avouer pour son maître,
Il t'offre des présents.

Ce Dieu si grand, si terrible,
A nos voix daigne accourir.
Sa bonté toujours visible
Se plaît à nous secourir.
Prodigue de récompenses,
Malgré toutes nos offenses
Il est lent dans sa fureur ;
Mais les carreaux qu'il apprête,
Tôt ou tard brisent la tête
De l'impie et du pécheur.

Dieu m'a dit : De Bazan pourquoi crains-tu les piéges?
La mer engloutira ces tyrans sacriléges
Dans son horrible flanc.
Tu fouleras aux pieds leurs veines déchirées ;
Et les chiens tremperont leurs langues altérées
Dans les flots de leur sang.

Les ennemis de sa gloire
Sont vaincus de toutes parts :
La pompe de sa victoire
Frappe leurs derniers regards.
Nos chefs enflammés de zele
Chantent la force immortelle
Du Dieu qui sauva leurs jours ;
Et nos filles triomphantes
Mêlent leurs voix éclatantes
Au son bruyant des tambours.

Bénissez le Seigneur, bénissez votre maître,
Descendants de Jacob, ruisseaux que firent naître

Les sources d'Israël.

Vous, jenne Benjamin, vous l'espoir de nos peres,
Nephtali, Zabulon, Juda roi de vos freres,
    Adorez l'Eternel.

Remplis, Seigneur, la promesse
Que tu fis à nos aïeux;
Que les rois viennent sans cesse
Te rendre hommage en ces lieux.
Domte l'animal sauvage
Qui contre nous, plein de rage,
S'élance de ces marais;
Pour éviter ta poursuite,
Qu'il cherche en vain dans sa fuite
Les roseaux les plus épais.

Des nations de sang confonds la ligue impie.
Les envoyés d'Egypte et les rois d'Arabie
    Reconnoîtront tes lois.
Chantez le Dieu vivant, royaumes de la terre;
Vous entendez ces bruits, ces éclats de tonnerre,
    C'est le cri de sa voix.

O ciel, ô vaste étendue,
Les attributs de ton Dieu,
Sur les astres, dans la nue,
Sont écrits en traits de feu.
Les prophetes qu'il envoie,
Sont les héros qu'il emploie
Pour conquérir l'univers.
Sa clémence vous appelle,
Nations, que votre zele
Serve le Dieu que je sers.

~~~~~~~~~~~~~~~

ODE II,

Tirée du psaume CIII : *Benedic, anima mea, Domino ;*
Domine Deus meus, magnificatus ès vehementer.

Inspire-moi de saints cantiques,
Mon ame ; bénis le Seigneur.
Quels concerts assez magnifiques,
Quels hymnes lui rendront honneur !
L'éclat pompeux de ses ouvrages,
Depuis la naissance des âges,
Fait l'étonnement des mortels.
Les feux célestes le couronnent,
Et les flammes qui l'environnent,
Sont ses vêtements éternels.

Ainsi qu'un pavillon tissu d'or et de soie,
Le vaste azur des cieux sous sa main se déploie :
Il peuple leurs déserts d'astres étincelants.
Les eaux autour de lui demeurent suspendues ;
        Il foule aux pieds les nues,
        Et marche sur les vents.

        Fait-il entendre sa parole,
        Les cieux croulent, la mer gémit,
        La foudre part, l'aquilon vole,
        La terre en silence frémit.
        Du seuil des portes éternelles,
        Des légions d'esprits fideles
        A sa voix s'élancent dans l'air.

Un zèle dévorant les guide,
Et leur essor est plus rapide
Que le feu brûlant de l'éclair.

Il combla du chaos les abîmes funebres;
Il affermit la terre et chassa les ténebres;
Les eaux couvroient au loin les rochers et les monts:
Mais au bruit de sa voix les ondes se troublèrent,
        Et soudain s'écoulerent
        Dans leurs gouffres profonds.

    Les bornes qu'il leur a prescrites
    Sauront toujonrs les resserrer;
    Son doigt a tracé les limites
    Où leur fureur doit expirer.
    La mer dans l'excès de sa rage,
    Se roule en vain sur le rivage
    Qu'elle épouvante de son bruit;
    Un grain de sable la divise,
    L'onde écume, le flot se brise,
    Reconnoît son maître, et s'enfuit.

La terre ici s'éleve en de hautes montagnes,
Ailleurs elle s'abaisse en de vastes campagnes:
Les vallons émaillés sont remplis de ruisseaux;
Et des fleuves divers l'onde fraîche et bruyante
        Eteint la soif ardente
        Des plus nombreux troupeaux.

    Sur le rocher le plus sauvage,
    Dans les forêts, dans les déserts,
    Le cri des oiseaux, leur ramage
    Bénit le Dieu de l'univers.
    Sur les montagnes solitaires
    Il répand les eaux salutaires
    Des torrents cachés dans les cieux,

Et dans les plaines arrosées,
Il fait par d'utiles rosées
Germer des fruits délicieux.

Les troupeaux dans les prés vont chercher leur
    pâture.
L'homme dans les sillons cueille sa nourriture,
L'olivier l'enrichit des flots de sa liqueur ;
Le pampre coloré fait couler sur sa table
    Ce nectar délectable,
    Charme et soutien du cœur.

    Le souverain de la nature
    A prévenu tous nos besoins,
    Et la plus foible créature
    Est l'objet de ses tendres soins.
    Il verse également la seve
    Et dans le chêne qui s'éleve,
    Et dans les humbles arbrisseaux.
    Du cedre voisin de la nue
    La cime orgueilleuse et touffue
    Sert de base au nid des oiseaux.

Le daim léger, le cerf, et le chevreuil agile,
S'ouvrent sur les rochers une route facile,
Pour eux seuls de ces bois Dieu forma l'épaisseur,
Et les trous tortueux de ce gravier aride ;
    Pour l'animal timide
    Qui nourrit le chasseur.

    Le globe éclatant qui dans l'ombre
    Roule au sein des cieux étoilés,
    Brilla pour nous marquer le nombre
    Des ans, des mois renouvelés.
    L'astre du jour dès sa naissance,
    Se plaça dans le cercle immense

Que Dieu lui-même avoit décrit ;
Fidele aux lois de sa carriere,
Il retire et rend la lumiere
Dans l'ordre qui lui fut prescrit.

La nuit vient à son tour, c'est le temps du silence.
De ses antres fangeux la bête alors s'élance,
Et de ses cris aigus étonne le pasteur.
Par leurs rugissements les lionceaux demandent
    L'aliment qu'ils attendent
    Des mains du Créateur.

Mais quand l'aurore renaissante
Peint les airs de ses premiers feux,
Ils s'enfoncent pleins d'épouvante
Dans leurs repaires ténébreux.
Effroi de l'animal sauvage,
Du Dieu vivant brillante image,
L'homme paroît quand le jour luit :
Sous ses lois la terre est captive ;
Il y commande, il la cultive
Jusqu'au regne obscur de la nuit.

Seigneur, être parfait, que tes œuvres sont belles !
Tu fais servir l'accord qui les unit entr'elles,
Au bien de l'univers, au bonheur des humains.
Par-tout je vois empreint le sceau de ta sagesse,
    Et tu répands sans cesse
    Tes dons à pleines mains.

Tu fis ces gouffres effroyables,
Noir empire des vastes mers ;
Leurs abimes impénétrables
Sont peuplés d'animaux divers.
Ton souffle assembla les orages,
Les aquilons dont les ravages

Font régner la mort sur les eaux ;
Et tu dis : Ces mers déchaînées
Verront leurs ondes étonnées
Porter d'innombrables vaisseaux.

Là des monstres marins, dans leur course pesante,
Ouvrent des flots émus la surface écumante,
Ils semblent se jouer des vagues en courroux.
Quand de l'horrible faim les tourments les dévorent,
    C'est toi seul qu'ils implorent ;
    Et tu les nourris tous.

    Privés de tes regards célestes,
    Tous les êtres tombent détruits,
    Et vont mêler leurs tristes restes
    Au limon qui les a produits.
    Mais par des semences de vie,
    Que ton souffle seul multiplie,
    Tu répares les coups du temps ;
    Et la terre toujours peuplée,
    De sa fange renouvelée
    Voit renaître ses habitants.

Dieu des jours, Dieu des temps, triomphe d'âge en
    âge ;
Jouis de ta grandeur, jouis de ton ouvrage ;
Tu regardes la terre, elle tremble d'effroi :
Tu frappes la montagne, et sa cime enflammée,
    Dans des flots de fumée
    S'abîme devant toi.

    Que le jour commence à paroître,
    Ou qu'il s'éteigne dans les mers,
    Mon créateur, mon divin maître
    Sera l'objet de mes concerts.
    Trop heureux si dans sa clémence,

Il écoute avec complaisance
Les chants que je forme pour lui.
Fidele à marcher dans sa voie,
En lui seul je mettrai ma joie,
Mon espérance et mon appui.

Trop long-temps les pécheurs ont lassé sa justice ;
Que l'enfer les dévore, et que leur nom périsse ;
Que Dieu verse la paix dans le fond de mon cœur :
Qu'il pénetre mes sens, que son zele m'enflamme,
    Et qu'à jamais mon ame
    Bénisse le Seigneur.

ODE III,

Tirée du psaume CXXXVI : *Super flumina Babylonis,
illic sedimus et flevimus, cum recordaremur Sion.*

CAPTIFS chez un peuple inhumain,
Nous arrosions de pleurs les rives étrangeres,
    Et le souvenir du Jourdain,
A l'aspect de l'Euphrate, augmentoit nos miseres.

    Aux arbres qui couvroient les eaux
Nos lyres tristement demeuroient suspendues,
    Tandis que nos maîtres nouveaux
Fatiguoient de leurs cris nos tribus éperdues.

    Chantez, nous disoient ces tyrans,
Les hymnes préparés pour vos fètes publiques,

Chantez; et que vos conquérants
Admirent de Sion les sublimes cantiques.

Ah ! dans ces climats odieux,
Arbitre des humains, peut-on chanter ta gloire !
Peut-on, dans ces funestes lieux,
Des beaux jours de Sion célébrer la mémoire !

De nos aïeux sacré berceau,
Sainte Jérusalem, si jamais je t'oublie,
Si tu n'es pas jusqu'au tombeau
L'objet de mes desirs, et l'espoir de ma vie :

Rebelle aux efforts de mes doigts,
Que ma lyre se taise entre mes mains glacées !
Et que l'organe de ma voix
Ne prête plus de sons à mes tristes pensées !

Rappelle-toi ce jour affreux,
Seigneur, où d'Esaü la race criminelle
Contre ses freres malheureux
Animoit du vainqueur la vengeance cruelle.

Egorgez ces peuples épars;
Consommez, crioient-ils, les vengeances divines :
Brûlez, abattez ces remparts,
Et de leurs fondements dispersez les ruines.

Malheur à tes peuples pervers,
Reine des nations, fille de Babylone;
La foudre gronde dans les airs,
Le Seigneur n'est pas loin, tremble, descends du
trône.

Puissent tes palais embrasés

Eclairer de tes rois les tristes funérailles :
Et que sur la pierre écrasés
Tes enfants de leur sang arrosent tes murailles.

~~~~~~~~~~

ODE IV,

Tirée des psaumes XIII, XXXVI, XLVIII, LII du livre
de la Sagesse, et d'autres livres de l'Ecriture.

Dieu n'est point, dit l'impie, il n'est point, et la
terre
Adore un être nul, par la peur encensé ;
La peur forgea son maitre au seul bruit d'un tonnerre
Qu'il n'a jamais lancé.

. . . .

Le vice et la vertu sont des noms arbitraires ;
Le plaisir, l'intérêt, la force fait nos droits.
Laissons aux malheureux laissons aux cœurs vul-
gaires
Les autels et les lois.

Quand la mort l'a frappé, que reste-t-il de l'homme ?
Notre esprit est un souffle, et le temps une fleur.
Que ce temps précieux dans les jeux se consomme,
Et mourons sans douleur. (1)

---

(1) *Note de l'Editeur.* Il falloit, ce me semble, dire :
Et mourons sans terreur.
Le matérialiste, l'athée, sont-ils maitres, en effet, de
mourir sans douleur ?

8.

Tu mourras en effet, mais non comme tu penses ;
Ce souffle prétendu survit à ton trépas.
C'est une ame immortelle, et le Dieu des vengeances
    Ne l'anéantit pas.

Le frere alors n'est point racheté par le frere ;
L'homme ne peut pour l'homme obtenir de faveur.
Le tribunal du ciel ne met point à l'enchere
    Les arrêts du Seigneur.

Homme épris de toi-même, enflé de ta fortune,
Te crois-tu dans ta vie exempt des coups du sort ?
Crois-tu, dans ce haut rang, malgré la loi commune,
    T'affranchir de la mort ?

Tout meurt. Le fou, le sage également périssent ;
Au faîte des honneurs l'impie est parvenu :
Sa trace disparoît, et ses biens enrichissent
    Un mortel inconnu.

Il pensoit dans son cœur que, jusqu'aux derniers
    âges,
Ses palais par le temps ne seroient point frappés ;
Il nommoit de son nom les vastes héritages
    Qu'il avoit usurpés.

L'ambitieux s'abuse, et jamais n'examine
Où menent les grandeurs, où finira leur cours.
Il vit comme la brute, et comme elle il termine
    Ses desirs et ses jours.

Ne murmurez donc pas quand un riche s'éleve ;
Tout seconde, il est vrai, ses orgueilleux efforts.
Mais qu'importe ? attendez que sa course s'acheve,
    Et prononcez alors.

Ces titres si pompeux qui vivront dans l'histoire,

Ses biens le suivront-ils au-delà du trépas ?
Non : rien ne l'accompagne ; il expire, et sa gloire
    S'éclipse entre ses bras.

. . . .

Honneurs, biens passagers, vous êtes le partage
Des grands, du publicain lâche et voluptueux.
Héritage éternel, tu seras l'apanage
    Du pauvre vertueux.

La pauvreté du juste est un trésor durable
Qui devient, quand il meurt, son plus solide appui.
La dépouille du riche est un bien périssable
    Qui parle contre lui.

Ainsi dans l'innocence et l'exacte justice
Fortifions notre ame, affermissons nos pas.
Que le succès du crime et le bonheur du vice
    Ne nous affligent pas.

Laissons les cours des rois, dans l'ivresse assoupies,
Voir les malheurs publics d'un œil indifférent ;
Laissons aux grands du siecle, aux tyrans, aux impies,
    Leur triomphe apparent.

De ces heureux mondains voyez l'heure derniere ;
L'effroi, le désespoir annoncent leur destin.
La paix conduit le juste au bout de sa carriere,
    Et couronne sa fin.

Seigneur, ton jour viendra pour ceux qui te mau-
    dissent ;
Le leur sera passé sans espoir de retour.
Ton jour viendra, Seigneur, pour ceux qui te bé-
    nissent,
    Et ce sera leur jour.

STROPHE

Extraite du psaume : *Qui regis Israel ; intende*, où Israël est comparé à une vigne que Dieu lui-même a plantée et cultivée.

Du milieu des vastes campagnes
Cette vigne que tu chéris
Eleve ses bourgeons fleuris
Jusques aux faîtes des montagnes.
Les cedres rampent à ses pieds ;
Ses rejetons multipliés
Bordent au loin les mers profondes ;
Le Liban nourrit ses rameaux,
Et l'Euphrate roule ses ondes
Sous l'ombrage de leurs berceaux.

~~~~~~

CANTIQUES.

CANTIQUE DE MOISE

AVANT SA MORT.

I.

Audite, cœli, quæ loquor. Audiat terra verba oris mei. Deuter. cap. XXXII.

Cieux, terre, écoutez-moi : Jacob, faites silence.
Que mes discours touchants, que ma sainte éloquence
Pénetrent vos esprits, renouvellent vos cœurs ;
Comme du haut des airs la féconde rosée,
Ranimant tous les fruits de la terre embrasée,
Releve l'herbe tendre, et rafraîchit les fleurs.

Rendez hommage au Dieu que ma voix vous annonce,
Adorez les arrêts que sa bouche prononce :
Le sort de l'univers à ses pieds est écrit.
Tout ce qu'il fait est bien, tout ce qu'il veut est juste.
Fidele observateur de sa parole auguste,
Il tient ce qu'il promet ; faisons ce qu'il prescrit.

De lâches révoltés ont armé sa colere,
Ils furent ses enfants, mais il n'est plus leur pere ;
Peuple ingrat, peuple vain, sans raison, sans vertu,

Pense donc au néant d'où sa voix te fit naître;
Méconnois-tu ton Dieu, ton protecteur, ton maître
Sans lui, sans ses bienfaits, parle, que serois-tu?

Parcours l'ordre des ans, des siecles, et des âges,
Compte de ses bontés les nombreux témoignages;
Ou si de ta mémoire ils étoient effacés,
Appelle tes aïeux, interroge leur cendre,
Du séjour de la mort leur cri te fait entendre
Qu'ignorés de toi seul par-tout ils sont tracés.

Tu n'étois point encor, toi qui lui fais la guerre,
Quand aux murs de Babel il divisoit la terre
Entre les nations qu'il séparoit de lui.
Mais dès-lors pour toi seul il marquoit les limites
Du pays fortuné d'où les races proscrites
A l'aspect d'Israël s'enfuiront aujourd'hui.

Israël qu'il aimoit, Israël qui le brave,
Dans les plaines du Nil n'étoit qu'un peuple esclave,
Qu'un troupeau vagabond sans guide et sans pasteur.
Ses yeux l'ont rencontré sur des sables arides,
Dans de vastes déserts, où ces ames perfides
Osoient même insulter leur divin Créateur.

C'est là qu'il attendoit ce peuple trop rebelle,
C'est là que tant de fois sa bonté paternelle
Par d'utiles rigueurs a voulu l'éprouver.
Soulageant ses besoins en punissant ses vices,
Prodigue des secours, avare de supplices,
Son bras ne l'abaissoit que pour mieux l'élever.

Comme un aigle au milieu de ses aiglons timides,
Les couvre, les soutient de ses ailes rapides,
Dans les ondes de l'air forme leur vol tremblant:
Tel des fils de Jacob, Dieu conduisoit la trace,

Encourageoit leur foi, ranimoit leur audace,
Et portoit devant eux son glaive étincelant.

Bientôt ils entreront dans ces riches asiles
Où, parmi les trésors des champs les plus fertiles,
Ils vivront sous un ciel de cristal et d'azur.
Là des fleuves de lait arrosent les campagnes,
Des flots d'huile et de miel descendent des mon-
    tagnes,
Et la vigne y répand son nectar le plus pur.

Par les mains du seigneur tirés de l'indigence,
Ils le méconnoîtront au sein de l'abondance,
Et des dieux inconnus ils chercheront l'appui.
Qu'ils redoutent du moins ses vengeances terribles;
De leur culte nouveau, de leurs fêtes horribles
Le bruit tumultueux montera jusqu'à lui.

L'idole est sur l'autel, et les bûchers s'allument,
L'encens brûle à ses pieds, et les fleurs la parfument:
Israël perverti consomme son forfait.
Israël, que fais-tu? peuple volage, arrête,
Détourne les malheurs que ton crime t'apprête,
Le Dieu que tu détruis est le Dieu qui t'a fait.

Ce Dieu jaloux a vu leurs lâchetés insignes.
« J'attendrai le succès de leurs complots indignes,
« Et je mettrai, dit-il, un voile entre eux et moi.
« Ils servent un Dieu sourd, un dieu d'or ou de plâtre:
« Et moi j'adopterai ce stupide idolâtre,
« Cet étranger impur qu'avoit proscrit ma loi!

« Je leur ai préparé ces fournaises brûlantes,
« Ces épais tourbillons de flammes dévorantes
« Que la terre entretient dans ses flancs embrasés;
« Et qui, sortis enfin de leur prison profonde,

« Consumeront un jour les ruines du monde
« Dans les gouffres de feu que ma haine a creusés.

« Leurs supplices divers, leurs maux feront ma joie.
« Par la faim desséchés, ils deviendront la proie
« De serpens monstrueux dans leurs maisons éclos.
« J'ai promis pour pâture à l'oiseau de carnage
« Leurs corps défigurés, dont la bête sauvage
« Aura meurtri les chairs et brisé tous les os.

« Un effroi léthargique accablera leurs ames.
« De féroces vainqueurs égorgeront leurs femmes,
« Leurs filles, leurs vieillards, et leurs tendres
      « enfants.
« Où sont-ils, quel asile est ouvert à ces traîtres?
« Je retire la foi promise à leurs ancêtres,
« Et j'efface leur nom du livre des vivants.

« Mais ma gloire suspend l'effet de ma justice.
« Ma vengeance perdroit le fruit de leur supplice,
« Bientôt leurs ennemis n'en seroient que plus vains.
« Vils ressorts que j'emploie et qu'aussitôt je brise,
« Ces peuples que je hais, ces rois que je méprise,
« Diroient que ma victoire est l'œuvre de leurs
      mains ».

Et quel autre que Dieu, race orgueilleuse et vile,
Devant un seul guerrier en a fait fuir dix mille?
Quel autre t'a livré nos coupables tribus?
Entre tes dieux et lui que Pharaon soit juge:
S'il punit nos forfaits, il est notre refuge:
De tes divinités quels sont les attributs?

Que deviendroient sans lui les trônes de la terre!
Il ordonne la paix, ils commande la guerre,
Par lui seul tout s'élève, et tout est renversé.

Le courage, la peur, la force, la foiblesse,
Et l'esprit de vertige, et l'auguste sagesse,
Sont des présents de Dieu propice ou courroucé.

Famille d'Israël, quels vices t'ont souillée?
De ta vertu premiere aujourd'hui dépouillée,
Ton sein ne produit plus que des crimes honteux.
Tel au bord des marais de l'infame Gomorre
La terre, que le soufre empoisonné et dévore,
N'enfante que des fruits amers et venimeux.

Ton monarque éternel ne cherche qu'à t'absoudre:
Il t'aime, ta douleur peut éteindre sa foudre;
Pleure, gémis, les temps se pressent d'arriver.
Mais le terme est venu des vengeances célestes.
Le Seigneur attendri rassemble enfin les restes
De ce peuple expirant qu'il veut encor sauver.

Me voici, vous dit-il, j'ai pitié de vos crimes.
Où sont ces dieux nourris du sang de vos victimes,
Ces dieux que vous couvrez d'un nuage d'encens?
Autour de vos remparts les torches étincellent,
Sous les coups redoublés vos derniers murs chancel-
    lent,
Que font sur vos autels ces bustes impuissants?

Je viens vous soulager du poids de vos miseres;
Reconnoissez la voix du pasteur de vos peres,
Rentrez dans le bercail, troupeau que je chéris;
Rentrez: déja la Mort, de meurtres assouvie,
Voit jaillir sous sa faux les sources de la vie:
J'ôte et je rends le jour, je frappe et je guéris.

Je suis le Dieu vivant, j'ai juré par moi-même.
Les barbares tyrans du seul peuple que j'aime,
Sont jugés à leur tour, et vont subir leur sort.

C'en est fait, ma fureur au comble est parvenue.
Plus brillant que l'éclair qui partage la nue,
Mon glaive est dans la main des anges de la mort.

Ils frappent et tout meurt. Que de cris! que de larmes!
Mes ennemis troublés jettent au loin leurs armes;
Achevons, vengeons-nous, c'est trop les ménager.
Je verrai leurs débris couvrir la terre entiere.
Leurs têtes à mes pieds rouler dans la poussiere,
Et dans des flots de sang leurs cadavres nager.

Tremblez, prosternez-vous, nations étrangeres;
Et vous, chefs d'Israël, conducteurs de vos freres,
Au Dieu qui vous défend restez toujours unis.
Juste dispensateur des biens et des disgraces,
Fidele en ses traités, fidele en ses menaces,
Il venge ses enfants, quand il les a punis.

CANTIQUE DE DÉBORA.

II.

Cecineruntque Debora et Barac filius Abinoem, in illo die, dicentes: Qui sponte obtulistis de Israel animas vestras ad periculum, benedicite Domino. Jud. cap. V.

Louez le Dieu des batailles,
Vous qui combattez pour lui.
Peuples, loin de vos murailles

La guerre et la mort ont fui.
Ma victoire vous releve ;
Débora charge du glaive
La main qui brise vos fers.
Rois, soldats, que l'on m'écoute.
Déja la céleste voûte
S'ouvre au bruit de mes concerts.

Sur les monts de Séir, aux champs de l'Idumée
Tu te couvris, Seigneur, d'une épaisse fumée,
Tu joignis l'eau du ciel à tes foudres brûlants :
Les rochers de Sina sous tes pieds éclaterent,
    Et leurs débris tomberent
Dans les feux redoublés qui sortoient de leurs flancs.

J'ai vu la ligue fatale
Des ennemis d'Israël
Porter sa fureur brutale
Jusqu'aux tentes de Jahël :
J'ai vu tous nos champs incultes
Abandonnés aux insultes
De brigands audacieux,
Et nos tribus consternées
Par des routes détournées
Se dérober à leurs yeux.

Une femme s'oppose à leurs progrès funestes ;
Mere de sa patrie, elle en sauve les restes,
Qui des fers d'un tyran ne pouvoient s'échapper.
Dieu s'ouvre à la victoire une nouvelle voie :
    Le chef qu'il nous envoie
A combattu sans arme, et vaincu sans frapper.

Vous dont les lois me sont cheres,
Dont les succès sont les miens,
Vous, magistrats de vos freres,

POÉSIES SACRÉES.

Vous soldats et citoyens,
Venez, le Dieu des vengeances
Brise les chars et les lances
De vos tyrans étouffés.
Quel retour de sa justice !
Quels coups de sa main propice !
Il combat, vous triomphez.

Rentrez, peuple vainqueur, rentrez sous vos por-
    tiques ;
Leve-toi, Débora, commence tes cantiques,
Vers ton Dieu bienfaisant prends un sublime essor.
Et toi, Barac, mon fils (1), ornement de nos fêtes,
    Acheve tes conquêtes,
Poursuis, charge de fer les habitants d'Asor.

Le cruel Amalec tombe
Sous le fer de Josué ;
L'orgueilleux Jabin succombe
Sous le fils d'Abinoé.
Issachar a pris les armes,
Zabulon court aux alarmes,
Nephtali marche avec eux.
Ruben, ton bras se repose !
Pourquoi trahis-tu la cause
De tes freres malheureux ?

Lâche voisin de Tyr, peuple amoureux de l'onde,
Azer, quand sur nos bords le ciel s'allume et gronde,
La soif de l'or t'enchaîne au sein de tes vaisseaux ;
Les rois des nations menacent ta patrie ;
    Mais malgré leur furie,
Des torrents du Tabor leur sang grossit les eaux.

---

(1) Quelques auteurs, entre autres saint Ambroise,
ont cru que Barac étoit fils de Débora.

Cachez-vous, tribus oisives,
Foibles tribus, cachez-vous ;
Gardez vos ports et vos rives,
Les cieux combattent pour nous.
La trompette et le tonnerre,
Des vils enfants de la terre
Annoncent le triste sort.
Pour nous pleine de rosée,
Sur eux la nue embrasée
Vomit la foudre et la mort.

Les débris de leur camp sont épars dans la plaine:
Le torrent de Cison dans ses gouffres entraîne
Les cadavres impurs dont ses bords sont couverts,
Sous cet horrible poids sa course est arrêtée,
    Et son onde infectée
Mêle des flots de sang à l'écume des mers.

Malheur à vous, troupe vile,
Ingrats peuples de Méros,
Qui voyez d'un œil tranquille
Les périls de nos héros.
Béni soit l'heureux courage,
Qui d'un tyran plein de rage
A déconcerté l'effort !
A notre ennemi barbare
La main de Jahël prépare
Le lait, la couche, et la mort.

Pour la derniere fois il a vu la lumiere ;
Les ombres du sommeil ont couvert sa paupiere,
Je vois lever le fer, et j'entends le marteau ;
Le géant (1) se débat sous les pieds d'une femme,

(1) L'Ecriture ne dit point formellement que Sisara

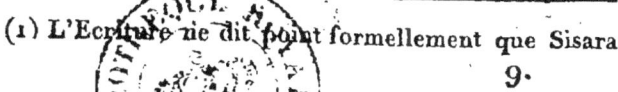

Mord la poudre et rend l'ame
Dans les tristes horreurs d'un supplice nouveau.

De sa mere qui l'appelle
L'écho répete les cris :
Dieux d'Azor, grands dieux, dit-elle,
Quand me rendrez-vous mon fils ?
En vain ma vue incertaine,
Errant au loin dans la plaine
Cherche ce fils glorieux ;
Je ne vois point la poussiere
Voler sous la marche altiere
De son char victorieux.

Calmez, répond alors l'épouse du barbare,
Calmez l'indigne crainte où votre ame s'égare,
Votre fils, mon époux, est vainqueur aujourd'hui.
Sans doute en ce moment, entouré de captives,
Dans leurs troupes plaintives
Il choisit les beautés qu'il réserve pour lui.

Il destine pour nos fêtes,
Leurs plus riches vêtements ;
Il semera sur nos têtes
Leurs perles, leurs diamants.
Que nos ennemis gémissent,

---

fût un géant ; mais il étoit Chananéen, et l'on sait que la Palestine, pays fertile en géants, prise dans un sens étendu, comprenoit toute la Terre promise, tant en deçà qu'au-delà du Jourdain. D'ailleurs, les Septante traduisent quelquefois par *gigas* le mot hébreu *gibbor*, qui, à la lettre, ne signifie qu'un homme puissant. Dans la Génese, pour caractériser Nemrod, qui fut le premier roi, on dit qu'il commença à être puissant, *gibbor*, sur la terre.

Mais que ces lieux retentissent
Des exploits de nos guerriers;
Que pour des têtes si cheres
Les épouses et les meres
Entrelacent des lauriers.

Elles parlent; la mort tenoit déja sa proie.
Meure ainsi tout mortel que ta haine foudroie,
Grand Dieu; ton peuple seul est fait pour la gran-
  deur.
Qu'aux yeux des nations de sa gloire étonnées
    Ses vertus couronnées
Du soleil qui se leve égalent la splendeur.

CANTIQUE D'ÉZÉCHIEL.

III.

Quare mater tua leœna inter leones cubavit.
Ezech. cap. XXIX, v. 2. (1)

ISRAEL, pourquoi donc ta mere
A-t-elle aux yeux des nations,

---

(1) Dans la premiere partie de ce Cantique, Joachas
et Jechonias son frere, rois de Juda, sont représentés
sous l'image de deux lionceaux pris par des chasseurs.
Le premier fut emmené captif par Nechao, roi d'Egypte,
et le second par le roi de Babylone. Dans la seconde
partie, Sedecias, frere de Joachas et de Jechonias, est
dépeint sous l'allégorie d'une vigne féconde, mais qu'on
arrache et qu'on brûle ensuite, après l'avoir transplantée dans une terre aride.

Souillé son divin caractere
Dans le gîte affreux des lions ?
Un lionceau naît de sa couche ;
A peine ce monstre farouche
Est-il échappé de ses mains,
Qu'il court s'exercer au carnage,
Et qu'il dévore dans sa rage
La chair et le sang des humains.

Avertis par la renommée,
Les peuples voisins ont frémi.
Les rois assemblent leur armée
Contre ce féroce ennemi.
Qu'ils en reçoivent de blessures,
Avant de punir les injures,
Et les maux qu'ils en ont soufferts !
Mais sa chûte en est plus horrible,
Et malgré sa valeur terrible
L'Egypte l'a chargé de fers.

Sa mere à ce coup effroyable
Qui met son espoir au tombeau
Dans sa famille impitoyable
Choisit un autre lionceau.
Il se leve, il parcourt la plaine :
Dans cette incursion soudaine
Le meurtre ensanglante ses pas ;
Et non moins cruel que son frere,
Il se nourit, se désaltere,
Dans le pillage et les combats.

Mille épouses infortunées
Ont déja perdu leurs époux.
Les villes sont abandonnées,
Les champs éprouvent son courroux.

Il rugit, et la terre tremble :
Les provinces fondent ensemble.
Sur ce nouveau déprédateur,
Que de vains assauts on lui donne,
Et que de combattants moissonne
Son courage exterminateur !

Cent fois il brise avec audace
Les rets dont il est entouré :
Cent fois il s'élance, il terrasse
Des chasseurs l'effort conjuré.
Mais il descend enfin du trône,
Et suit leur char à Babylone
Où l'attend un vengeur cruel.
Sa voix, dans un cachot perdue,
Ne sera jamais entendue
Sur les montagnes d'Israël.

Et toi, reste d'un sang si cher à la patrie,
Roi foible, dont la gloire est à jamais flétrie,
Que les jours de ta mere ont été radieux !
Comme une jeune vigne aux bords d'une onde pure,
Elle a vu par les soins d'une heureuse culture
     Germer ses fruits délicieux.

Ses branches, bois sacré dans la main des monarques,
Du pouvoir souverain furent long-temps les marques,
L'art pour les façonner épuisoit ses travaux.
Dans un climat fertile, à l'abri des orages,
Elle offroit à nos yeux l'ombre de ses feuillages,
   Et la hauteur de ses rameaux.

Que lui sert sa beauté, sa fraîcheur naturelle !
Un ennemi jaloux qui s'est armé contre elle,
L'arrache avec fureur, la jette avec mépris.

Son éclat disparoît, sa vigueur s'évapore;
Et dans ses fruits épars un air brûlant dévore
Le suc dont ils étoient nourris.

Cette vigne mourante est enfin transplantée
Dans une terre inculte, et jamais fréquentée,
Où la brute périt, où l'homme est aux abois.
De son propre feuillage une flamme est sortie,
Et par ce tourbillon sa tige anéantie
Ne fournit plus de sceptre aux rois.

CANTIQUE D'ÉZÉCHIEL.

IV.

O Tyre, tu dixisti : Perfecti decoris ego sum.
Ezech. cap. XXVII.

O Tyr, seras-tu satisfaite,
Toi qui disois à l'univers:
Je suis d'une beauté parfaite,
Mon trône est bâti dans les mers?
Tes citoyens pour te construire,
Dans ta demeure ont su conduire
Les plus hauts cedres du Liban,
Les sapins qu'Hermon nous présente,
Tout l'ivoire que l'Inde enfante,
Et les vieux chênes de Basan.

Tu vis l'Italie et la Grece
T'offrir dans un tribut nouveau,

Leur industrie et leur richesse
Pour l'ornement de ton vaisseau.
L'Egypte, de ses mains habiles,
A tissu tes voiles mobiles
Du lin cueilli dans ses sillons ;
Et l'Elide, à tes pieds tremblante,
A de sa pourpre étincelante
Formé tes riches pavillons.

Tes besoins seuls et tes usages
De tes voisins fixoient les mœurs.
Arad défendoit tes rivages,
Sidon t'envoyoit des rameurs.
Pour conducteurs de tes navires,
Tu ne prenois dans les empires
Que des sages et des vieillards.
Ton commerce, tyran du monde,
T'amenoit au travers de l'onde
Tous les hommes et tous les arts.

De tes phalanges renommées
Les Perses étoient les soldats.
Dans tes camps et dans tes armées
Les Lydiens suivoient tes pas.
Aux tours qui bordoient ton enceinte,
Ils attachoient, exempts de crainte,
Leurs carquois et leurs boucliers.
Ils en décoroient tes murailles,
Et ces instruments des batailles
Relevoient tes appas guerriers.

De Carthage à tes vœux unie
Les métaux remplissoient ta main.
Tu rassemblois dans l'Ionie
Des esclaves et de l'airain.
Fier de te consacrer ses peines,

Le Scythe exerçoit dans ses plaines,
De jeunes coursiers pour tes chars ;
Et les Syriens avec joie
Cédoient les perles et la soie
Qu'ils étaloient à tes regards.

Damas, par d'utiles échanges,
Payoit tes soins industrieux.
Saba t'apportoit les mélanges
De ses parfums délicieux.
Tu n'étois pas moins secondée
Des habitants de la Judée,
Ces peuples favoris du ciel,
Qui, pour remplir tes espérances,
Joignoient à des moissons immenses,
Du baume, de l'huile, et du miel.

Cédar, Assur et l'Arabie
S'associoient à tes efforts.
Les déserts de l'Ethiopie
Pour toi seule avoient des trésors.
Sur le continent, dans les isles,
Tu voyois les mortels dociles
Ne commercer que sous tes lois ;
Et des campagnes du Sarmate
Jusqu'aux rivages de l'Euphrate
Ta puissance étendoit ses droits.

O Tyr, ô trop superbe reine,
Tes richesses t'enfloient d'orgueil.
Des mers, unique souveraine,
Tu ne redoutois point d'écueil.
En vain l'orage te menace,
Tes rameurs pleins de ton audace
Te menent sur les grandes eaux.
Mais, ô confiance funeste !

Ministres du courroux céleste
Les vents te brisent sur les flots.

Tes riches magasins, tes temples, tes portiques,
Tes vastes arsenaux, tes palais magnifiques,
Tes prêtres, tes soldats, les docteurs de ta loi,
Tes trésors, tes projets, et tes grandeurs si vaines,
  Et tes femmes hautaines,
Dans les profondes mers tomberont avec toi.

Les îles et la terre en seront consternées.
Au bruit de ce revers les flottes éloignées
Interrompront leur course et craindront même sort.
Les matelots troublés chercheront le rivage,
  Et, pour fuir le naufrage,
Ils quitteront la rame, et resteront au port.

Un déluge de pleurs couvrira tes ruines;
Des royaumes lointains, des régions voisines
Le cri retentira sur l'onde et dans les airs.
Les cheveux arrachés, la cendre et les cilices,
  Volontaires supplices,
Annonceront par-tout le deuil de l'univers.

Les mortels accouroient pour admirer tes fêtes.
Que verront-ils? des flots émus par les tempêtes,
Tes courtisans plongés dans le sein des douleurs.
Ils se rappelleront ton antique fortune,
  Et, d'une voix commune,
Dans de lugubres chants ils plaindront tes malheurs.

  Dans ce trouble épouvantable,
  Avec eux nous redirons:
  Quelle cité fut semblable
  A celle que nous pleurons!
  Elle garde le silence

LE FRANC. I.   10

Les flots avec violence
Ont englouti ses remparts.
O Tyr, ô ville célebre,
Quel voile obscur et funebre
Te dérobe à nos regards?

O Tyr, les maîtres du monde
S'enrichissoient de tes biens,
En peuple, en trésors féconde,
Et puissante en citoyens:
L'univers, ton tributaire,
De ta beauté mercenaire
Fut trop long-temps ébloui.
Que te reste-t-il? tes crimes.
Des mers les profonds abîmes,
Voilà ton trône aujourd'hui.

Les rois changent de visage,
Leurs sujets tremblent comme eux.
Tu ne fixois leur hommage
Que par ton éclat pompeux.
Ces enfants de l'avarice,
Ces adorateurs du vice,
Poussent des cris superflus.
Adieu, ville infortunée;
Pour jamais exterminée,
Nos yeux ne te verront plus.

CANTIQUE D'ÉZÉCHIEL. (1)

V.

Leoni Gentium assimilatus es, et draconi qui est in mari. Ezech. cap. XXXII, v. 2.

Au lion des forêts, tyran (a), tu fus semblable ;
Tyran, tes cruautés te rendoient comparable
  Au fier dragon des eaux.
Des fleuves sous tes pas la rive étoit foulée ;
Tu soulevois la fange, et dans l'onde troublée
  Tu brisois les roseaux.

Ainsi, dit le Seigneur, j'assemblerai la terre ;
D'invisibles filets, au milieu de la guerre,
  Tromperont tes regards.
Ton corps des animaux sera la nourriture,
Et les oiseaux du ciel chercheront leur pâture
  Dans tes membres épars.

Sur des rochers déserts et sur des monts arides,
Aux ardeurs du soleil, aux aquilons humides
  J'exposerai tes chairs.
Ton sang, monstre cruel, souillera les vallées,

---

(1) Isaïe est sublime, dit Pompignan ; Jérémie est tendre, Ezéchiel est effrayant. C'est le Milton des prophetes.
 (2) Pharaon, roi d'Egypte.

Et de ses flots impurs les vapeurs exhalées
Infecteront les airs.

Déja ta mort funeste obscurcit les étoiles,
Sur le flambeau du jour la nuit étend ses voiles,
La lune éteint ses feux.
A ce nouveau spectacle étalé dans les nues,
Déja des nations que tu n'as pas connues,
Plaignent ton sort affreux.

Les peuples et les rois frémiront d'épouvante,
Quand mon glaive embrasé, quand ma foudre
brûlante
Devant eux passera.
Effrayés des horreurs dont ta perte est suivie,
Ils verront ta ruine, et pour sa propre vie
Chacun d'eux tremblera.

Le Seigneur aux mortels parle assis sur son trône :
Voici le fer sanglant du roi de Babylone
Dont je guide les coups.
O braves de l'Egypte, une plus forte armée
Détruira votre audace à vaincre accoutumée,
Et vous périrez tous.

Je frapperai de mort, sur ses rives fleuries,
Les animaux divers nourris dans ses prairies,
Abreuvés de ses eaux.
Ses fleuves toujours purs, ses rivières profondes,
Ne verront désormais se jouer dans leurs ondes
Ni mortels ni troupeaux.

Toute l'Egypte, alors solitaire, éperdue,
De mon divin pouvoir connoîtra l'étendue,
Sentira ses malheurs.
O campagnes du Nil, à ma haine immolées,

Partout des nations les filles désolées
    Vous donneront des pleurs.

Chantez donc, fils de l'homme, un cantique funebre ;
Hâtez-vous, annoncez à ce peuple célebre
    L'arrêt de son trépas.
Ouvrez le précipice où l'entraînent ses crimes ;
Les plus fameux guerriers dans ces profonds abimes
    Ont précédé ses pas.

Hé ! pourquoi seriez-vous plus heureux que tant
    d'autres ?
Ingrats Egyptiens, leurs cœurs plus que les vôtres
    Etoient-ils endurcis ?
Nation trop superbe, il est temps que tu meures ;
Cours aux lieux souterrains partager les demeures
    Du peuple incirconcis.

L'Egypte descendra dans la nuit infernale ;
Elle y verra les chefs qu'une amitié fatale
    Unit avec ses rois ;
Et tout souillés encor du sang versé pour elle,
Ces spectres malheureux à son ombre cruelle
    Adresseront leur voix.

C'est là qu'Assur habite, et que d'un peuple immense
Il voit autour de lui, dans un affreux silence,
    Les sépulcres rangés.
De crainte à son aspect la terre fut frappée ;
Il périt. Les soldats et leur roi sous l'épée
    Tomberent égorgés.

Elam est en ce lieu : ses honneurs l'abandonnent,
De ses guerriers vaincus les tombeaux l'environnent
    De ténebres couverts.
Les pays qu'il troubla détestent sa mémoire ;
           10

La mort a d'un seul coup précipité sa gloire
   Dans la nuit des enfers.

Ils en ont occupé les innombrables routes,
Sur des lits que la mort sous ces obscures voûtes
   Elle-même a dressés;
Sujets incirconcis, souverains infideles,
Qui tous dans le séjour des ombres éternelles
   Sans ordre sont placés.

Asseyez-vous, dormez parmi ces ames fieres,
Parmi ces combattants dont les mains meurtrieres
   Ont semé la terreur.
Vainement dans la tombe ils emportent leurs armes;
La terre à leur trépas ne donne, au lieu de larmes,
   Que des signes d'horreur.

Voilà pour l'avenir ton siége et ta patrie,
Nation que le crime a si souvent flétrie,
   Et qui bravois la loi.
N'entends-tu pas les cris des rois de l'Idumée?
Dans des torrents de sang, de flamme et de fumée,
   Ils s'avancent vers toi.

Vois ces princes du Nord dont la gloire s'efface;
Vois ces bras sans vigueur, et ces fronts sans audace,
   Et ces yeux sans regards:
Fantômes que la Mort en esclaves châtie,
Eux dont jadis la main sur nous appesantie
   Brisoit tous nos remparts.

O monarques tombés, où sont vos diadêmes?
Et vous, hommes puissants, dont les fureurs extrêmes
   Tourmentoient l'univers,
Où sont tous vos projets, vos grandeurs redoutables?

Les cachots du Sommeil au jour impénétrables
    Vous tiennent dans les fers.

Pharaon les a vus, Pharaon qui soupire
Des fléaux inouïs, des maux dont son empire
    Fut long-temps accablé.
Pharaon les a vus, cet objet le console;
Et son peuple avec lui, qu'un Dieu terrible immole,
    S'est aussi consolé.

Je suis donc satisfait, dit le Dieu des vengeances:
Des peres, des aïeux, j'ai puni les offenses
    Jusque sur leurs enfants.
J'ai détruit d'un clin d'œil leur race passagere,
Et j'ai rempli de morts au gré de ma colere,
    La terre des vivants.

~~~~~~~~~~

CANTIQUE DE SIMÉON.

VI.

Nunc dimittis servum tuum, Domine. Luc, cap. II,
    v. 29.

Tu remplis enfin ta promesse (1),
Seigneur, tu me donnes la paix.
Je termine avec alégresse

---

(1) Le Saint-Esprit avoit révélé à Siméon qu'il ne
mourroit point qu'auparavant il n'eût vu le Christ.

Les derniers jours d'une vieillesse
Que tu combles de tes bienfaits.

Quel spectacle ! quel nouvel âge
Nous est préparé par tes mains !
Je tiens dans mes bras, j'envisage
L'auguste Enfant (1) qui nous présage
La délivrance des humains.

Oui, de ta sagesse profonde
J'ai reçu le gage éternel ;
Et j'ai vu la clarté féconde
Qui luit pour le salut du monde,
Et pour la gloire d'Israël.

STROPHES

Extraites du Cantique de Moïse *après le passage de la mer Rouge*, où Pharaon, ses généraux, et ses soldats furent ensevelis.

La mer alors, la mer qui baigne leur empire,
    De toutes parts les investit ;
    Son propre roi qu'elle engloutit
Disparoît dans l'abîme où sa fureur expire.
J'ai vu chefs et soldats, coursiers, armes, drapeaux,
    Au bruit des vents et du tonnerre,
    Comme le métal ou la pierre,
Tomber, s'ensevelir dans le gouffre des eaux.
Ta droite a signalé sa force inépuisable ;

---

(1) Jésus-Christ.

Seigneur, où sont ces rois, contre ta loi durable
    Follement conjurés?
De leur impiété quel sera le salaire?
Je les cherche : où sont-ils? Le feu de ta colere
    Les a tous dévorés.

STROPHES

Extraites du Cantique où David peint l'éclatante
protection que Dieu lui avoit accordée contre la
ligue des peuples voisins.

SOUDAIN sa colere allumée
Cause d'affreux embrasements.
Des monts entourés de fumée
Il souleve les fondements.
Sous ses coups l'univers chancelle ;
Son front de fureur étincelle
Contre un peuple séditieux.
Devant lui marche son tonnerre ;
Et pour descendre sur la terre
Sous ses pieds il courbe les cieux.

Sa voix gronde au sein des nuages
Pour effrayer les imposteurs ;
Ses traits, sa foudre et les orages
Ont détruit mes persécuteurs.
Tout conspire à punir leurs crimes ;
Jusqu'au fond de leurs noirs abîmes
Les flots émus se sont ouverts ;
Et dans leur cavité profonde
Des remparts ébranlés du monde
Les fondements sont découverts.

~~~~~~~~~~~

STROPHES

Extraites du Cantique de David *sur la mort de Saül et de Jonathas*. Le prophete s'adresse aux filles d'Israël.

Vous adoriez leur empire :
C'en est fait, ils ont vécu.
Dieu loin de nous se retire,
Et l'idolâtre a vaincu.
Quels nouveaux guerriers s'avancent?
Quels vils ennemis s'élancent
Des vallons de Jesraël ?
Par des armes méprisées,
Comment ont été brisées
Les colonnes d'Israël !

Héros du peuple fidele,
Prince tendre et généreux,
Tu meurs : ô douleur mortelle
Pour ton ami malheureux !
O Jonathas! ô mon frere !
Je t'aimois comme une mere
Aime son unique enfant ;
Avec toi notre courage
Disparoît comme un nuage
Qu'emporte un souffle du vent.

~~~~~~~~~~~~~~~~~~~~~~~~~~~~~~~~~~~

PROPHÉTIES.

PROPHÉTIE D'ISAIE,

CHAPITRE XLII.

Caracteres du Messie. Bonheur des hommes sous son
regne. L'idolâtrie exterminée. Crimes et impiété des
Juifs. Leurs défaites , leur servitude , leur aveuglement.

Voici le serviteur, le ministre que j'aime,
Rempli de mon esprit , de mon pouvoir suprême,
Arbitre souverain du sort des nations ,
Qui dans son tribunal , sans arrogance vaine ,
  Sans faveur et sans haine ,
Jugera seulement l'ame et les actions.

Il n'accablera point d'une main meurtriere
Le lin qui rend encore une foible lumiere,
Ni le roseau brisé qui réclame un appui ;
Toujours calme et serein , aux innocents propice ,
  La paix et la justice
Etabliront les lois qu'il prépare aujourd'hui.

Moi qui créai des cieux la voûte étincelante,
Les animaux , la terre et les fruits qu'elle enfante ,

Qui fais respirer l'homme et qui soutiens ses pas:
C'est moi dont tu remplis la parole éternelle,
Et c'est moi qui t'appelle
Pour éclairer le monde et finir ses combats.

L'aveugle par tes soins ouvrira la paupiere.
Tu rendras aux captifs leur liberté premiere;
Mon nom est le Seigneur, il n'appartient qu'à moi.
Je ne souffrirai point que le bronze et l'argile,
Dieux d'un peuple imbécille,
Partagent mes honneurs au mépris de ma loi.

De mes prédictions souvent multipliées,
Et par l'événement toujours justifiées,
Les fastes d'Israël gardent le souvenir.
Je n'ai pas tout prédit au peuple qui m'adore,
Et je prétends encore
Dévoiler à ses yeux un nouvel avenir.

Célébrez le Seigneur, et par reconnoissance
Jusqu'au bout de la terre exaltez sa puissance,
Vous qui marchez sur l'onde au bruit des aquilons;
Peuple oisif des cités, et vous, fiers insulaires,
De vos chants tributaires
Remplissez les déserts, les champs et les vallons.

Cédar en des palais transformera ses tentes,
L'Arabe interrompra ses courses inconstantes,
Du haut de leurs rochers ils jetteront des cris;
Et le Seigneur, armé de son glaive invincible,
Tel qu'un guerrier terrible,
Foulera des vaincus les corps et les débris.

Je me suis tu long-temps, mais je romps le silence:
Ma voix dans ses éclats se fera violence;
Une femme en travail crie avec moins d'effort.

Tout sera confondu, renversé par mes armes;
        Et, dans ce jour de larmes,
Ma victoire sera le regne de la Mort.

Je changerai les eaux en des veines de sable;
Des traits de mon courroux l'empreinte ineffaçable
Desséchera les fruits, les plantes et les fleurs.
Mais je dissiperai les épaisses ténebres
        Dont les voiles funebres
De tant d'infortunés augmentoient les douleurs,

Dans des sentiers plus droits je saurai les conduire;
Prompt à les secourir, fidele à les instruire,
Je sauverai leurs jours et du fer et du feu;
Et j'exterminerai ces cœurs opiniâtres, –
        Ces mortels idolâtres,
Qui disoient au métal : Coule, et deviens un dieu.

Aveugles, regardez; sourds, prêtez-moi l'oreille.
Qui sont-ils les mortels qu'aucun bruit ne réveille,
Que nul éclat ne frappe, et que rien n'attendrit ?
C'est Israël, mon peuple, à qui tant de prophetes
        Ont servi d'interpretes
Des divers monuments où mon culte est écrit.]

Et ce peuple a choisi mes ennemis pour maîtres !
Voyez ce que j'ai fait pour lui, pour ses ancêtres;]
J'ai mis entre leurs mains mon autel et mes lois.
Ils en sont dépouillés, ils sont chargés de chaînes,
        Et n'ont plus dans leurs peines
D'amis ni d'alliés qui protégent leurs droits.

Opprimés dans la paix, écrasés dans la guerre,
Méprisables jouets du reste de la terre,
Par-tout vaincus, par-tout exemples du malheur :
Victimes tour à tour de leurs rois et d'eux-mêmes,

Vains, inconstants, extrêmes,
Et dans leur décadence insolents sans valeur.

Dans cet excès d'opprobre, enflés de leur doctrine,
Ils osent de ma loi conjurer la ruine,
Attaquer ma puissance et mes propres bienfaits ;
Et pour surcroît enfin des maux qui les dévorent,
Aveugles ils ignorent
Que c'est Dieu qui les frappe et punit leurs forfaits.

PROPHÉTIE D'ISAIE,

CHAPITRE LII.

Sion reprend le sceptre. Les Assyriens lui rendent gratuitement la liberté. Retour des Juifs à Jérusalem. Délivrance universelle des hommes par le Messie, véritable libérateur d'Israël.

O SION, leve-toi, ce jour te rend ta gloire
En te rendant la liberté.
Prépare ton triomphe, ajoute à ta beauté
Les ornements de la victoire.
Cité du Dieu vivant, tes palais ni tes murs
Ne seront plus ouverts qu'à sa majesté sainte,
Et tu ne verras point dans ton auguste enceinte
Du peuple incirconcis les vestiges impurs.

Leve-toi ; monte sur le trône
Que tu remplissois autrefois ;
Triste esclave de Babylone,

Tu seras la reine des rois.
Mon peuple à des tyrans barbares
Fut vendu sans être acheté ;
Sans payer ces maîtres avares
Il reprendra sa liberté.

L'Egypte fut d'abord l'asile
Des premiers enfants d'Israël :
Dure hospitalité qui dans ce lieu cruel
Bientôt les accabla du joug le plus servile.
C'est maintenant Assur qui les tient dans les fers.
Est-ce à moi de permettre un si long esclavage,
De souffrir que mon nom chez des humains pervers
Soit sans cesse un objet de blasphème et d'outrage ?

Un jour luira ; ce jour aux mortels que j'instrui
Découvrira ma force encor trop méconnue.
C'est alors qu'en moi seul ils mettront leur appui,
Et je dirai : L'heure est venue,
Dieu parloit autrefois, il se montre aujourd'hui.

Que son aspect est doux, que sa démarche est belle,
De l'heureux envoyé qui ramene la paix !
Du haut de la montagne il annonce, il appelle
Et l'auteur du salut et ses divins bienfaits.

Sion triomphera sous les lois de son maître.
Déja la garde d'Israël
Nous avertit qu'il va paroître ;
Partout de nouveaux chants s'élevent jusqu'au ciel.
Jérusalem s'éveille, et ses erreurs finissent ;
Que ses remparts long-temps déserts
A son changement applaudissent ;
Qu'ils l'apprennent à l'univers.
Dieu remplit enfin la parole
Qu'il consigna dans ses traités.

Jérusalem l'invoque ; il vient, il la console,
　Et ses enfants sont rachetés.

Il prépare son bras, il mene à la victoire
　Le réparateur de vos maux,
Et l'univers entier, objet de ses travaux,
　Verra sa naissance et sa gloire.

Babylone a pour vous dépouillé sa rigueur :
Sortez du milieu d'elle, et que ses mœurs proscrites
　N'empoisonnent pas votre cœur.
Soyez purs et sans tache, heureux Israélites,
Qui portez dans vos mains les vases du Seigneur.

　Qu'une indiscrete véhémence
　Ne presse point alors vos pas.
Vous sortirez des fers, mais vous ne fuirez pas.
　Marchez sans trouble et sans licence,
Dieu sera votre chef, vous serez ses soldats.

Revêtu de ma force et plein de ma lumiere,
Mon serviteur chéri remplira sa carriere
　D'un éclat utile aux mortels ;
Il les enrichira de ses biens éternels.
　Mais avant ce jour mémorable,
　Sous une forme méprisable
　Il fera leur étonnement,
　Et deviendra méconnoissable
A force de douleurs, d'opprobre et de tourment.

　Toutefois répandant ses graces.
　Sur d'innombrables nations,
　Il effacera sous ses traces
　Leurs folles superstitions.
　Méconnu de ceux qui l'adorent,
　A tant de peuples qui l'ignorent

Il révélera sa splendeur.
Les rois garderont le silence,
Et, convertis par sa présence,
Rendront hommage à sa grandeur.

~~~~~~~~~~~~

PROPHÉTIE D'ISAIE (1),

CHAPITRE LIII.

POUR qui nos voix sont-elles faites?
A qui Dieu par ses interpretes
Montre-t-il son bras lumineux?
Il naît dans sa retraite obscure,
Comme un arbrisseau sans culture
Croît dans un terroir sablonneux.
Devant le Seigneur il s'éleve,
Sans beauté, sans éclat, sans biens;
Et toujours ignoré des siens,
Sa course pénible s'acheve
Dans l'opprobre et dans les liens.
Tout annonçoit sur son visage
Le dernier des mortels et le plus malheureux.
Son front défiguré, ses regards douloureux
Offroient de ses tourments un sanglant témoignage.
Souillé de fange, à demi-nu,
Les uns l'ont fui, plusieurs l'ont accablé d'outrage,
Et nous l'avons tous méconnu.

---

(1) Les caracteres du Messie ne sont nulle part aussi clairement désignés que dans cette prophétie.

II.

Hé ! pouvions-nous le reconnoître
Couvert de nos propres langueurs !
Pouvions-nous croire qu'il dût naître,
Pour souffrir d'indignes rigueurs !
La paix si long-temps attendue,
La paix aux mortels n'est rendue
Qu'au prix du sang qu'il a versé ;
Et le châtiment de nos crimes
Sur la plus noble des victimes
Par le ciel même est exercé.

Nous n'étions ici bas que des brebis errantes
Qui suivions au hasard les routes différentes
   Où le crime entraînoit nos pas.
Dieu l'a chargé du poids de tous nos attentats ;
Par ordre du Seigneur, lui-même il les répare :
Lui-même il a voulu qu'un tribunal barbare
Usurpât lâchement le droit de le juger.
Il subit sans murmure un arrêt homicide ;
   Tel un agneau timide
Se tait devant le fer tout prêt à l'égorger.

O juges sans foi, sans doctrine,
C'est vous qui l'avez condamné.
Qui vous dira son origine ?
Savez-vous comment il est né ?
Je veux que son trépas expie
La révolte, l'audace impie
De ceux qui m'ont désobéi.
Mais ses jours et sa sépulture
Seront payés avec usure
Par les méchants qui l'ont trahi.

Jamais la fraude et la malice
N'ont rempli sa bouche ou son cœur.
Je ne l'abandonne au supplice

Que pour le salut du pécheur.
Mais après sa longue souffrance,
Son sang deviendra la semence
D'une heureuse postérité.
Appui de ma loi souveraine,
C'est lui qui sur la race humaine
Accomplira ma volonté.

Quels torrents d'une douce joie,
Quand des maux dont il fut la proie
Ses yeux verront par-tout les fruits ;
Et quand, justifiés par sa propre justice,
Ceux qu'il aura guéris de l'erreur et du vice
Quitteront les faux biens qui les avoient séduits !

Aussi je lui destine un immense héritage ;
Des tyrans conjurés il vaincra les efforts :
De leurs tristes captifs il rompra l'esclavage,
Et mettra sous ses pieds la dépouille des forts.
Lui qui, sans réclamer ses divins priviléges,
Souffrit des scélérats le châtiment honteux,
Et qui ne répondoit aux blasphèmes affreux
    De ses ennemis sacriléges,
    Qu'en demandant grace pour eux.

PROPHÉTIE D'ÉZÉCHIEL [1],

CHAPITRE XVI, v. 3.

Radix tua et generatio tua de terrâ Chanaan.

O FEMME, tu naquis d'une famille impure,
D'infideles parents qui trahissoient mes lois.
L'art d'une habile main n'aida point la nature,
Lorsque tu vis le jour pour la première fois.

Ni les eaux, ni le sel ne t'ont purifiée;
Ta mere avec regret te porta dans son flanc.
On te mit sur la terre, où tu fus oubliée;
J'approchai : tu pleurois, tu nageois dans ton sang.

J'en arrêtai le cours, je l'essuyai moi-même;
Mon cœur fut attendri de ta misere extrême,
Et je te dis : Vivez, vivez, trop fôible enfant;
Sous l'aile du Seigneur dont le bras vous défend,
Croissez et méritez qu'un tendre époux vous aime.

J'ai depuis ce moment veillé sur tes destins.
Objet de mes desirs, sous mes yeux élevée,
Mes regards paternels, mes soins t'ont cultivée
Comme une jeune fleur qui croît dans les jardins.

---

(1) Dans cette prophétie et dans la suivante, le Seigneur paroît sous la figure d'un époux qui reproche à son épouse d'horribles infidélités. Ces accusations portent également sur l'adultere et sur l'idolâtrie.

Ton corps, fortifié par les progrès de l'âge,
Atteignit ces beaux jours où ton sexe volage
De ses charmes naissants connoît trop le pouvoir;
Que les tiens étoient doux! que j'aimois à les voir!

Nul mortel cependant ne cherchoit à te plaire.
Rebut de l'univers, tu ne trouvas que moi
Qui vis avec pitié ta douleur solitaire.
Ton maître, ton Seigneur se déclara pour toi;
Tu reçus mes serments, et j'acceptai ta foi.

Oh, qu'alors avec complaisance
Je te prodiguai mes bienfaits!
Qu'avec pompe et magnificence
Je pris soin d'orner tes attraits!
J'instruisis ta foible jeunesse;
Des gages purs de ma tendresse
Je t'embellissois chaque jour.
Je te donnai mon héritage,
Et tu possédas sans partage
Mes richesses et mon amour.

L'éclat célèbre de tes charmes
Amena la terre à tes pieds.
A ton char, vaincus par tes armes,
De puissants rois furent liés.
Tu mis alors ta confiance
Dans les appas et la puissance
Que tu devois à ma bonté.
Tu conçus une folle joie,
Et l'orgueil dont tu fus la proie
Surpassa même ta beauté.

Cet orgueil engendra tes vices,
Il alluma tes passions.
Tu recherchas dans tes caprices

Les esclaves des nations.
Dans tes honteuses perfidies,
Sur les femmes les plus hardies
Tu l'emportas par ta noirceur;
Et les excès les plus coupables
De tes amours abominables
N'égaleront jamais l'horreur.

Tu dressas de superbes tentes
Dans les bois et sur les hauts lieux.
Là par des fêtes éclatantes
Tu rendis hommage aux faux dieux.
Leurs autels, que tes mains ornerent,
De mon or qu'elles profanerent
Impunément furent couverts.
Pour leur consacrer des prémices,
Tu dépouillois mes sacrifices
Des tributs qui m'étoient offerts.

Mais d'offrandes plus criminelles
Ces premiers dons furent suivis.
Tes mains, oui, tes mains maternelles
Ont immolé tes propres fils.
Sans loi, sans pitié, sans tendresse,
De Baal sanglante prêtresse,
Tu déshonorois nos liens.
O coups réservés à tes crimes!
Ces enfants choisis pour victimes,
Barbare, étoient aussi les miens.

Ma sévérité toujours lente
N'a point éveillé tes remords.
Tu quittes, transfuge insolente,
Le Dieu vivant pour des dieux morts.
Quoi donc! oubliras-tu, perfide,
Femme ingrate, mere homicide,

Que je t'arrachai du tombeau,
Et te sauvai par ma puissance
Des opprobres de ton enfance,
Et des douleurs de ton berceau?

Malheur à toi, qui faisois gloire
De tes attentats furieux,
Dont tu conserves la mémoire
Dans des monuments odieux.
Sur les marbres de tes portiques
De tes iniquités publiques
J'ai vu les symboles impurs;
Et les nations étrangeres
Ont lu dans ces vils caractères
Ta honte écrite sur tes murs.

Mais le jour luit ou ma vengeance
Ne suspendra plus son transport.
Je t'abandonne à l'indigence,
A l'ignominie, à la mort.
Je susciterai, pour ta peine,
Ces femmes, objets de ta haine,
Les épouses des Philistins,
Qui, moins que toi licencieuses,
De tes amours audacieuses
Rougissoient avec tes voisins.

Dans l'art de plaire et de séduire
Tu vantois tes lâches succès.
Ton cœur, que je n'ai pu réduire,
Inventoit de nouveaux excès.
Tu rassemblois les Ammonites,
Les Caldéens, les Moabites,
Les voluptueux Syriens;
Et toujours plus insatiable,

Tu fis un commerce effroyable
De tes plaisirs et de tes biens.

D'autres reçoivent des largesses
Pour prix de leurs égaremens ;
Mais toi , tu livras tes richesses
Pour récompenser tes amans.
Tu laissois aux femmes vulgaires
L'honneur d'obtenir des salaires
Qui d'opprobre couvroient leur front.
Pour mieux surpasser tes rivales ,
Tes tendresses plus libérales
Achetoient le crime et l'affront.

Voici donc ton arrêt , femme parjure , écoute.
Pour suivre des méchans la détestable route ,
Tu quittas les sentiers que j'avois faits pour toi.
Ton audace adultere et ton idolâtrie
Ont souillé mon autel , corrompu ta patrie ,
Egorgé tes enfants et renversé ma loi.

Tu vécus sans remords dans tes mœurs dépravées.
Mes rigueurs , que ton ame a si long-temps bravées ,
A tes forfaits sans nombre égaleront tes maux.
Pour épuiser sur toi les plus cruels supplices ,
Tes propres alliés , tes amants , tes complices ,
Deviendront mes vengeurs et seront tes bourreaux.'

Les peuples apprendront cet exemple sévere.
Alors j'apaiserai ma trop juste colere ,
Ta mort rendra le calme au cœur de ton époux.
Il aura satisfait sa vengeance et sa gloire ,
Et tes crimes éteints , ainsi que ta mémoire ,
Ne seront plus l'objet de ses regards jaloux.

Tu n'as point démenti l'horreur de ta naissance ;

Tes vices ont paru dès ta plus tendre enfance :
La fille suit les pas que la mere a tracés.
Tu fus sœur de tes sœurs, impudique comme elles ;
Et des femmes d'Ammon, au vrai Dieu tant rebelles,
Les crimes par les tiens ont été surpassés.

Ton sang a réuni les plus indignes races,
Peres, meres, aïeux, qui bravoient mes menaces,
Et dont tu vois encor les durables malheurs.
Contre toi jusqu'au ciel leur voix s'élève et crie ;
Pour tout dire, en un mot, Sodome et Samarie
Trouvent dans tes forfaits une excuse des leurs.

De Sodome si détestée
Tu n'osois proférer le nom.
Sais-tu quels fléaux l'ont jetée
Dans ce déplorable abandon ?
De l'orgueil l'insultante ivresse,
L'intempérance, la mollesse,
Le luxe et la cupidité,
Le dur mépris qu'à l'indigence
Oppose l'altiere opulence
Qu'accompagne l'oisiveté.

Triste esclave des mêmes vices,
Tu commis d'autres attentats,
Des cruautés, des injustices
Que Sodome ne connut pas.
Et toutefois je l'ai détruite ;
Comme elle tu seras réduite
Aux dernieres calamités.
C'est toi qui m'outrages, me blesses ;
Tu n'as pas gardé tes promesses,
Et j'ai rompu tous nos traités.

Mais que dis-je ! Un sentiment tendre

Me parle encore en ta faveur.
Ah! que ne dois-tu pas attendre
De la pitié d'un Dieu Sauveur!
Dans leurs demeures fortunées
Tes sœurs, tes filles ramenées
Couleront des jours triomphants.
Je te rendrai ma confiance,
Et dans ma nouvelle alliance,
Vous serez toutes mes enfants.

PROPHÉTIE D'ÉZÉCHIEL,

CHAPITRE XXIII, V. 2.

Filii hominis, duæ mulieres filiæ matris unius
fuerunt.

Écoutez, fils de l'homme: une mere eut deux filles
Pour donner au Seigneur de nombreuses familles,
Dans la fleur de leurs ans je les unis à moi.
Des enfants me sont nés de ce couple volage;
Et de notre union ce légitime gage
N'a pu me conserver leur amour ni leur foi.

Des vains amusements école enchanteresse,
L'Egypte avoit d'abord corrompu leur jeunesse,
Et d'un sexe fragile empoisonné les mœurs.
Je fus souvent témoin de l'excès de leurs vices;
Mon amour essuya des affronts, des caprices,
Mais je leur pardonnai ces premieres erreurs.

Jérusalem est l'une, et l'autre est Samarie (1).
Celle-ci, dont les goûts se changeoient en furie,
Par ses impuretés me provoquoit toujours.
Je la vis, sur mon trône au crime abandonnée.
Jeunes Assyriens, troupe au luxe adonnée,
Vous fûtes les objets de ses lâches amours.

D'un peuple efféminé les diverses parures,
Les riches vêtements, les coursiers, les armures,
De cette indigne épouse ont ébloui les yeux.
Esclave des amants qui régnoient sur sa vie,
Elle a prostitué dans sa double infamie
Son corps à leurs desirs, et son ame à leurs dieux.

D'impudiques transports et d'horreurs enivrée,
A ceux qu'elle adoroit enfin je l'ai livrée,
Et mes propres rivaux ont bien vengé mes droits.
De son ignominie ils ont rempli la terre;
Ses filles et ses fils, par le sort de la guerre,
Ont vécu sous le joug d'impitoyables rois.

Expirante elle-même au milieu du carnage,
Elle a de ses amants connu toute la rage,
Jouet de leur fureur et de leur volupté.
Sa disgrace éclatante instruira ses semblables.
Tels sont leurs châtiments; tel est, femmes coupables,
Le prix que je réserve à l'infidélité.

Jérusalem sa sœur, encor plus criminelle,
Malgré ce triste exemple, a signalé comme elle

_____

(1) Le texte sacré désigne Jérusalem sous le nom d'Oo-
liba, et Samarie sous celui d'Oolla; noms hébreux que,
selon Pompignan, il n'y avoit pas moyen de conserver
dans notre langue. (*Note de l'éditeur.*)

De l'amour adultere et la honte et le feu:
Comme elle aux étrangers, aux fils de Babylone,
Elle a livré son temple, et son lit et son trône,
Son peuple et ses enfants, son époux et son dieu.

Ces deux perfides sœurs, l'une à l'autre fatales,
Dans leurs déréglements imprudentes rivales,
Ont eu la même audace et le même succès.
Elles ont mis leurs vœux, leurs appas à l'enchere.
Jérusalem si belle, et qui me fut si chere,
A vaincu Samarie en ses plus grands excès.

Tout servoit d'aliment à ses fureurs impures.
Sur ses lambris dorés les plus vives peintures
De jeunes Caldéens représentoient les traits.
De leur beauté guerriere aussitôt enflammée,
A ces fils de Babel, qui l'avoient tant charmée,
Par des ambassadeurs elle offrit ses attraits.

Ils viennent à sa voix, s'emparent de sa couche;
Il n'est point de pudeur, de devoir qui la touche,
Le crime ardent, le crime est lui seul écouté.
Mais de son nouveau choix bientôt elle se lasse;
De leurs charmes trompeurs l'impression s'efface,
Et de ces vils amants son cœur s'est dégoûté.

Elle avoit toutefois pour ranimer ses flammes,
Dans les embrassements de ces mortels infames
Par de honteux efforts irrité ses desirs.
A servir ses penchants industrieuse et prompte,
Elle avoit épuisé sans remords et sans honte,
La science du vice et tout l'art des plaisirs.

Aux serments les plus saints que d'atteintes cruelles!
Tant d'outrages passés, tant d'insultes nouvelles
Ont enfin dans mon cœur étouffé mon amour.

Elle a trop abusé de ma longue indulgence ;
Il est temps qu'elle éprouve une juste vengeance :
J'avois quitté sa sœur, je la quitte à son tour.

Jérusalem, ô mon épouse ;
Hélas ! à quoi me réduis-tu !
Tu connois ma fureur jalouse,
Je me fiois à ta vertu.
Par l'Egypte et l'idolâtrie
Ta virginité fut flétrie
Dans l'essor de tes jeunes ans ;
Et maintenant dans la Judée,
Babel, Assur, et la Chaldée,
Contre toi mènent leurs enfants.

Tu les aimois : à ton ivresse
Succéda la satiété.
Leurs mains puniront ta foiblesse,
Tes dégoûts, ton impiété.
Quel triste appareil de menace !
Vois ces chefs tout bouillants d'audace,
Ces soldats, ces fougueux coursiers,
Ces machines qui t'environnent,
Ces chars, et ces faux qui moissonnent
Les rangs, les bataillons entiers.

Pour te condamner au supplice
Je leur ai confié mes droits
Ces ministres de ma justice
Te jugeront suivant leurs lois.
Ton corps, en proie à leurs injures,
Sera par d'indignes blessures
Inhumainement mutilé ;
Et pour finir ton sort étrange,
De tes membres couverts de fange
Le reste affreux sera brûlé.

12.

Pâle, sanglante et déchirée,
Tu n'offriras que des lambeaux
A ceux qui t'avoient admirée
Sous tes vêtements les plus beaux.
Ces amants, jadis tes idoles,
Trompés par tes fausses paroles,
S'applaudiront de tes revers.
Par eux tes filles enchaînées
Loin de toi seront entraînées
Avec tes fils chargés de fers.

Tes disgraces seront égales
Au désordre de tes amours.
De tes innombrables scandales
Ainsi j'arrêterai le cours.
Malheureuse ! ton cœur rebelle
Ne cessera d'être infidele
Qu'au milieu des afflictions.
L'Egypte alors avec ses temples
Ne pourra plus par ses exemples
Nourrir tes folles passions.

Mais ne pense pas qu'oubliées
Parmi tant d'autres faits divers,
Elles en soient moins publiées
Dans l'histoire de l'univers.
Ennemis, nations amies,
Tous sauront de tes infamies
L'emportement illimité ;
Et, dans ta puissance abattue,
La main du Seigneur perpétue
Ta honteuse célébrité.

Dans tes crimes opiniâtre,
Femme au cœur bas et corrompu,
Tu boiras avec l'idolâtre

Dans la coupe où ta sœur a bu :
Coupe effroyable et toujours pleine,
Vase profond où de ma haine
Couleront les flots écumants ;
Tu la boiras jusqu'à la lie,
Et je la vois qui multiplie
Tes insupportables tourments.

C'est peu que ta douleur farouche
De ce vase épuise les eaux ;
Tu le briseras dans ta bouche
Pour en dévorer les morceaux.
Tes mains au sang accoutumées,
Tes mains contre toi-même armées
Déchireront ton propre sein :
Effets des rigueurs légitimes
Qui te puniront de tes crimes
Par des maux sans borne et sans fin.

Achevez, fils de l'homme, achevez mes vengeances ;
De ces coupables sœurs publiez les offenses ;
Que le bras de la mort commence à les saisir :
Monstres qui se faisoient, pour braver ma colere,
    Un jeu de l'adultere,
    Et du meurtre un plaisir.

D'un culte réprouvé prêtresses détestables,
Ces femmes ont offert à des dieux exécrables
Les enfants que pour moi leurs flancs avoient conçus.
Elles ont présenté ces victimes tremblantes,
    Et dans ses mains brûlantes
    Moloch les a reçus.

Tandis qu'ils expiroient dans des feux sacriléges,
Leurs meres, au mépris des plus saints priviléges,

Violoient le repos de mes jours solennels ;
Et portoient sans effroi jusqu'en mon sanctuaire
        Leur cri tumultuaire,
        Et leurs jeux criminels.

Tu t'abreuvois, barbare, et de sang et de larmes,
Et dans le même instant tu préparois tes charmes
Pour les jeunes mortels dans ta cour appelés ;
Les parfums précieux dont on me doit l'hommage
        Déja pour ton usage
        Dans tes bains sont mêlés.

Du fard le plus exquis les couleurs t'embellissent
Les danses, les festins pour te charmer s'unissent,
Ton palais retentit des plus tendres accents.
A prévenir tes vœux tout s'empresse et s'anime ;
        De toutes parts le crime
        S'empare de tes sens.

En est-ce encore assez, courtisane indocile ?
Veux-tu vieillir ainsi ? veux-tu que ton asile
Soit l'éternel séjour de l'impudicité ?
Hommes justes, venez, soyez inexorables ;
        Vengez sur ces coupables
        Un époux irrité.

Peuples et nations, assemblez-vous contre elles ;
Effacez dans leur sang des ardeurs criminelles,
Le meurtre, l'adultere et tant d'autres forfaits.
Déchirez, écrasez leurs fils avec leurs filles,
        Détruisez leurs familles,
        Embrasez leurs palais.

Tant d'horreurs à la fin se verront expiées.
Par ces coups éclatants les femmes effrayées

Apprendront à garder mon culte et leur honneur.
Elles sauront du moins que c'est moi seul qui tonne,
Qui punis, qui pardonne,
Et qui suis le Seigneur.

~~~~~~~~~~~~~~~

PROPHÉTIE D'ÉZÉCHIEL,

CHAPITRE XXXVII, V. I.

Facta est super me manus Domini.

Cette prophétie renferme deux sens. Le premier regarde
la fin de la captivité des Juifs, et c'a été peut-être le
principal objet du prophete. Le second sens, aussi
clair que le premier et plus important sans doute,
offre un tableau fidele et frappant de la résurrection
des morts.

Dans une triste et vaste plaine
La main du Seigneur m'a conduit.
De nombreux ossements la campagne étoit pleine;
L'effroi me précede et me suit.
Je parcours lentement cette affreuse carriere,
Et contemple en silence, épars sur la poussiere,
Ces restes desséchés d'un peuple entier détruit.

Crois-tu, dit le Seigneur, homme à qui je confie
Des secrets qu'à toi seul ma bouche a réservés,
Que de leurs cendres relevés
Ces morts retournent à la vie?
C'est vous seul, ô mon Dieu, vous seul qui le savez.

Hé bien! parle; ici tu présides;
Parle, ô mon prophete, et dis-leur:
Ecoutez, ossements arides,
Ecoutez la voix du Seigneur.
Le Dieu puissant de nos ancêtres,
Du souffle qui créa les êtres,
Rejoindra vos nœuds séparés.
Vous reprendrez des chairs nouvelles;
La peau se formera sur elles,
Ossements secs, vous revivrez.

Dieu parle, et je redis à peine
Les oracles de son pouvoir,
Que j'entends par-tout dans la plaine
Ces os avec bruit se mouvoir.
Dans leurs liens ils se replacent,
Les nerfs croissent et s'entrelacent,
Le sang inonde ses canaux;
La chair renait et se colore:
L'ame seule manquoit encore
A ces habitants des tombeaux.

Mais le Seigneur se fit entendre,
Et je m'écriai plein d'ardeur:
Esprit, hâtez-vous de descendre,
Venez, esprit réparateur;
Soufflez des quatre vents du monde,
Soufflez votre chaleur féconde
Sur ces corps prêts d'ouvrir les yeux.
Soudain le prodige s'achève,
Et ce peuple de morts se leve,
Etonné de revoir les cieux.

Ces os, dit le Seigneur, qu'en mon nom tu ranimes,
Sont tous les enfants d'Israël.

Notre espoir a péri, disoient-ils, et nos crimes
    Ont mérité ce sort cruel.

Les neveux de Jacob ne sont plus sur la terre
    Qu'un amas d'ossements blanchis,
Qui, du joug de la mort accablés par la guerre,
    N'en seront jamais affranchis.

Non, mon peuple chéri, non, dans cet esclavage
    Israël ne gémira plus.
Israël revivra dans l'heureux héritage
    Que j'ai promis à mes élus.

Des abîmes profonds tiré par ma victoire,
    Tes sépulcres seront ouverts.
Je te rendrai la vie, et l'empire et ta gloire,
    A la face de l'univers.

Tu comprendras alors la parole éternelle
    Qui te prédisoit ce grand jour;
Ce jour où les décrets d'un Dieu juste et fidele
    Seront consommés sans retour

PROPHÉTIE DE NAHUM [1]

CONTRE NINIVE.

CHAPITRE PREMIER.

Dieu, vengeur, patient, mais terrible, protége ceux qui
le servent, punit ceux qui le méprisent.

L E Seigneur est jaloux, il aime la vengeance,
Il hait avec fureur l'ennemi qui l'offense;
Sa haine est sans pitié, son courroux est cruel :
Il est lent à punir, mais c'est en Dieu qu'il frappe;
    Et nul crime n'échappe
Aux coups inattendus de son glaive éternel.

Accompagné des vents, entouré des orages,

---

[1] La prophétie de Nahum, dont les trois chapitres
ne présentent que le même objet, et ne composent
qu'un seul discours, annonce le siége de Ninive, formé
par Nabopolassar, pere de Nabuchodonosor, et de
Cyaxare, roi des Medes. C'est la description la plus vive
et la plus poétique d'une ville assiégée, prise, et détruite
par ses vainqueurs. Le prophete nous apprend les principales circonstances du siége; l'inondation qui rompit
les portes, renversa les murs, entraîna les ponts et les
digues. Tout cela ne peut regarder que le second siége
de Ninive, après lequel cette ville ne se rétablit plus. Sa
destruction fut la fin de l'empire d'Assyrie, dont les Ba-
byloniens et les Medes partagerent les débris.]

Il marche sur la foudre et brise les nuages;
Mer, tu le vois paroître, il te parle, et tu fuis.
Tout fleuve est desséché, tout champ devient stérile.
          Bazan n'est plus fertile :
Le Liban perd ses fleurs, et le Carmel ses fruits.

Il renverse les monts, il dissout les collines;
La terre a tressailli sous leurs vastes ruines,
L'univers tremble au bruit de ses coups effrayants.
Quel pouvoir bravera sa puissance invincible,
          Et de ce Dieu terrible
Quel mortel soutiendra les regards foudroyants?

Sa colere est un feu qui dévore la pierre,
Un souffle destructeur qui ravage la terre,
Dépeuple les états, et détrône les rois.
Mais il plaint ses enfants au jour de leur tristesse;
          Et du mal qui les presse
Il guérit tous les cœurs qui connoissent ses droits.

O ville! ô lieu proscrit dont le sort m'épouvante!
Dans tes murs renversés par l'onde mugissante,
Les flots pendant la nuit apportent le trépas :
Tes citoyens fuiront; j'entends leurs cris funebres :
          Mais d'épaisses ténebres
Arrêteront leur fuite et tromperont leurs pas.

Quels étoient vos desseins, troupe ingrate et rebelle?
De vos festins impurs le spectacle l'appelle,
Il vous frappe au milieu de vos embrassements :
Telle dans les buissons la flamme qui s'allume
          En un instant consume
Des rameaux dont la cendre est le jouet des vents.

C'est vous dont les conseils ont formé ce barbare,
Ce guerrier qui m'insulte, et dont la main prépare

Des traits contre Juda, des autels contre moi.
Il forge avec ardeur l'instrument de sa perte,
        Et sa ville déserte
Attendra vainement et son peuple et son roi.

Et toi, peuple affligé, peuple dont la misere
Apprend au monde entier l'excès de ma colere,
Tu ne souffriras plus les maux dont tu te plains.
Je suivrai le tyran qui se rit de ma haine,
        Et de ta propre chaîne
Dans son camp désolé j'enchaînerai ses mains.

Mon courroux brisera sur ce roi qui t'opprime
La verge qu'il reçut pour châtier ton crime;
Ne crains point de malheur, ni d'opprobre nouveau:
J'interromprai le cours de ses honneurs frivoles,
        J'abattrai ses idoles,
Et leur temple écrasé deviendra son tombeau.

Je vois l'Ange de paix, il descend des montagnes,
Il arrive; ô Juda, rentre dans tes campagnes,
Présente au ciel tes vœux et ton juste transport.
Tes champs ne seront plus un pays de conquêtes;
        Recommence tes fêtes,
O Juda, ton Dieu regne, et Bélial est mort.

~~~~~~~~~~~~~~~~

PROPHÉTIE DE NAHUM,

CHAPITRE II.

Siége de Ninive.

Tyrans, le vainqueur s'avance ;
J'aperçois ses pavillons :
Une multitude immense
Ravage au loin vos sillons.
Peuple saint, reprends courage ;
Cet épouvantable orage
Gronde sur tes ennemis.
Le Seigneur par leurs alarmes
Commence à venger les larmes
Et le sang de ses amis.

Au signal qui les appelle
Les drapeaux flottent dans l'air ;
Toute l'armée étincelle
De pourpre, d'or et de fer.
Des cris confus retentissent,
Des coursiers fougueux hennissent :
Quels bruits d'armes et de chars !
Le front du soldat s'enflamme,
Et la fureur de son ame
Eclate dans ses regards.

Au souvenir de ses peres,
Assur dédaignant la mort,
Des phalanges étrangeres

Sur ses murs soutient l'effort.
Vainement son industrie
Oppose à tant de furie
De nouveaux retranchements ;
Les flots s'ouvrent une route,
Le temple tombe, et sa voûte
Ecrasé ses fondements.

Que de captifs qu'on enchaîne !
Qué de femmes dans les fers !
O Ninive, ô souveraine
De tant de peuples divers !
Sous les eaux ensevelie,
En vain ta voix affoiblie
Demande encor du secours ;
Sourds à ta plainte mourante,
Tes enfants pleins d'épouvante
T'abandonnent pour toujours.

Nations victorieuses,
Arrachez de ses palais
Ces richesses orgueilleuses
Qu'elle dut à ses forfaits.
O jour lugubre et funeste !
Tout meurt ou fuit ; il ne reste
Que des cœurs désespérés,
Que des fantômes stupides,
Et des visages livides
Par la peur défigurés.

Que devient le pâturage
Des monstres de nos forêts ?
Que devient l'antre sauvage
Qui les cachoit à nos traits ?
Où sont ces lieux effroyables,
De lions impitoyables

Repaires accoutumés;
Où les lionnes sanglantes
Nourrissoient de chairs vivantes
Leurs lionceaux affamés?

Voici le Dieu des batailles,
Voici l'arrêt que j'entends.
« Je brûlerai vos murailles,
« Vos chars et vos combattants:
« Les éclats de mon tonnerre
« Disperseront sur la terre
« Les débris de vos grandeurs;
« Et le bruit de vos disgraces
« Étouffera les menaces
« De vos fiers ambassadeurs. »

PROPHÉTIE DE NAHUM,

CHAPITRE III.

Cruautés et prostitutions de Ninive; lâcheté de ses
soldats; foiblesse de ses princes, et leur punition.

MALHEUR, malheur à toi, cité lâche et perfide,
Cité de sang prodigue, et de trésors avide,
Entends le bruit des chars, le choc des boucliers,
Les clameurs du soldat, les coursiers qui frémissent,
    Les champs qui retentissent
    Sous les pas des coursiers.

Vois le glaive qui brille et les flèches qui volent,
                    13.

Tes murs et ton pays que les flammes désolent,
Ton peuple mis en fuite après de vains efforts;
Des bataillons entiers qui sous le fer succombent,
Et des mourants qui tombent
Sur des monceaux de morts.

Le ciel enfin sur toi se venge avec usure,
Epouse criminelle et courtisane impure,
Qui te vendois sans cesse à tes adorateurs,
Et qui par tes attraits, ou par tes artifices,
Du poison de tes vices
Infectois tous les cœurs.

Je viens, dit le Seigneur; tremble, indigne adultere,
Je viens de tes forfaits dévoiler le mystère,
Ton infame bonheur retombera sur toi.
Tu serviras d'exemple, et ces rois qui t'honorent,
Ces peuples qui t'adorent,
Reculeront d'effroi.

Ils diront: Dieu se venge, et Ninive est détruite.
Mais dans l'état funeste où tu seras réduite,
Tes maux ne trouveront que d'insensibles cœurs.
Hé! crois-tu l'emporter sur cette ville altiere
Dont la ruine entière
Annonçoit tes malheurs?

A ses commandements l'Egypte étoit fidele,
L'Afrique la servoit et combattoit pour elle,
Son trône étoit bâti dans l'enceinte des eaux :
Les fleuves l'entouroient, et l'empire de l'onde
Des richesses du monde
Remplissoit ses vaisseaux.

Cependant ses remparts sont brisés par la guerre,
Ses enfants devant elle écrasés sur la pierre,

Ses vieillards mis aux fers, ou traînés à la mort;
Et ses chefs, loin des lieux qu'habitoient leurs ancêtres,
        Abandonnés aux maîtres
        Que leur choisit le sort.

Dieu répandra sur toi le fiel de sa vengeance;
Tu ne rougiras point d'implorer l'assistance
De ceux dont ta fureur décrioit les vertus;
Et tes murs tomberont sous tes vainqueurs féroces,
        Comme des fruits précoces
        Par l'orage abattus.

Que font tes citoyens, plus lâches que des femmes?
Tes portes, ton pays, sont dévorés des flammes;
Hâte-toi, ne perds point de précieux moments:
Allume les fourneaux, pétris la molle argile,
        Et d'un rempart fragile
        Creuse les fondements.

Malheureuse! où t'entraîne un superbe délire!
Du commerce et des arts tu gouvernois l'empire,
Et l'or des nations circuloit dans tes murs.
Tout tremble, tout s'enfuit aux éclats de la foudre
        Qui brûle et met en poudre
        Tes magasins impurs.

Tes soldats te vantoient leur force inépuisable:
Tel d'insectes légers un essaim méprisable
Sur le déclin du jour se rassemble avec bruit;
Mais au retour des feux qui chassent l'ombre humide,
        La légion timide
        Dans l'air s'évanouit.

Roi d'Assur, l'heure approche, et tes pasteurs som-
  meillent,
Tes chefs sont endormis quand tes ennemis veillent;

A quelles mains ton peuple étoit-il confié !
Ce peuple que l'effroi dans sa fuite accompagne,
　　Errant sur la montagne
　　Ne s'est point rallié.

Tu tombes, roi cruel, tu meurs chargé de crimes ;
L'univers si long-temps rempli de tes victimes,
Triomphe de ta chute, et rit de tes douleurs.
Le fléau des humains, l'auteur de nos alarmes,
　　Fit couler trop de larmes
　　Pour mériter des pleurs.

PROPHÉTIE D'HABACUC,

CHÁPITRE II.

Ordre au prophete d'écrire sa vision. Anatheme à
l'incrédule. Le juste vit de sa foi. Malheur aux ambitieux, malheur aux tyrans, aux alliés perfides, aux
nations idolâtres !

Dans ces jours de sang et de larmes,
Au milieu du trouble et du bruit,
Comme un soldat qui sous les armes
Veille en silence dans la nuit,
Je prête une oreille attentive,
J'attends que le Seigneur arrive
Aux lieux où j'ose l'appeler ;
J'attends qu'il frappe ou qu'il console,
Qu'il fasse entendre sa parole,
Et qu'il m'ordonne de parler.

Mais il vient; je l'entends: sa voix perce la nue.
Ecoute, me dit-il, écoute, et sur l'airain
Grave tous les objets qui s'offrent à ta vue.
 Le Seigneur emprunte ta main
Pour apprendre aux mortels que son heure est venue.

Ecris ce que j'ordonne, obéis avec soin.
 Que de prodiges vont éclore !
Le temps en est marqué, le jour n'en est pas loin;
Mais il en est aussi que je differe encore,
 Et dont tu seras le témoin.

Sourd aux cris effrayants des sacrés interpretes,
L'incrédule en fureur blaspheme contre moi,
Mais le juste en silence écoute mes prophetes,
 Et vivra de sa foi.

Semblable au vil mortel qu'une liqueur perfide
Met au rang de la brute et prive de ses sens,
Le superbe, endormi par son orgueil stupide,
 Perd ses honneurs naissants.

La triste ambition le rend impitoyable,
Et dans un corps infame il porte un cœur de fer,
Un cœur plus dévorant et plus insatiable
 Que la mort et l'enfer.

De ses sujets tremblants idole passagere,
Lui-même s'associe à la Divinité;
Mais il pâlit de honte et rugit de colere,
Par ses propres captifs dans sa cour insulté:
Périsse le tyran dont la coupable usure
Confond dans ses trésors les richesses d'autrui;
Trésors pétris de sang, amas de fange impure,
Que les foudres du ciel consument avec lui.

Insensé, quel sera le fruit de tes rapines ?
Les champs et les cités ne sont plus que ruines
    Et que vastes tombeaux.
Mais de tous ces forfaits terribles représailles,
Ceux dont tu dévoras les biens et les entrailles,
    Deviendront tes bourreaux.

Malheur à tout mortel qui sur son avarice
Fonda de sa maison le fragile édifice,
    Et l'espoir suborneur !
Des célèbres revers il grossira l'histoire ;
Rentré dans le néant, ce qu'il fit pour sa gloire
    Tourne à son déshonneur.

Esclave de ton luxe, au sein de tes portiques,
Roi cruel, tu jouis des misères publiques ;
Ils parlent contre toi ces riches bâtiments
Où la main des flatteurs a gravé ton éloge ;
Et ce sont les témoins que le Ciel interroge
    Au jour fatal des châtiments.

    Malheur au souverain barbare,
    Dont la magnificence avare
Des larmes de son peuple arrose ses palais.
    Quelle main l'a mis sous le dais,
Et dans ce rang superbe où son esprit s'égare ?
C'est le Dieu qui créa les hommes et les temps :
Mais ces remparts maudits par ce Dieu qu'il outrage,
    Engloutiront leurs habitants.
Une guerre d'un jour, un feu de peu d'instants
Des siecles et des rois anéantit l'ouvrage.

Le Seigneur va combattre, et je vois ses drapeaux
Franchir de l'orient les portes enflammées.
    Le ciel lance tous ses carreaux,

La terre enfante des armées,
Et la mer vomit des vaisseaux.

Malheur à toi dont l'adresse,
Par un nectar dangereux,
Causa la fatale ivresse
D'un ami trop généreux.
Dieu témoin de ta malice,
Te présente le calice
Qui punit les faux serments;
Tu bois l'eau de l'imposture,
Et tu rends ton âme impure
Dans de noirs vomissements.

Tes états sont au pillage,
Tes peuples sont massacrés,
En déplorant le carnage
De leurs animaux sacrés.
Seuls fruits de tes perfidies,
Le meurtre et les incendies
Nous vengent de tes projets;
Et nos frères se consolent.
Au bruit des maux qui désolent
Ta famille et tes sujets.

Voilà donc les faveurs insignes
Que vous recevez de vos dieux.
De ces divinités indignés,
Mortels, vous remplissez les cieux.
Des colosses jetés en fonte
Sont l'objet d'un culte nouveau;
Et l'artisan troublé se prosterne sans honte
Devant ces dieux muets, enfants de son ciseau.

Le sculpteur a dit à la pierre:
Sois un dieu, je vais t'implorer.

Il a dit à ce tronc étendu sur la terre :
Leve-toi, je veux t'adorer.
D'un bois rongé de vers, ou d'un marbre insensible,
L'idolâtre fait son appui:
Mais le Seigneur habite un temple incorruptible :
Que l'univers se taise et tremble devant lui.

PROPHÉTIE D'HABACUC,

CHAPITRE III.

Le prophete décrit une partie des merveilles que Dieu
opéra autrefois en Egypte et dans le désert, mais sans
observer l'ordre des temps, ni celui des événements.

SEIGNEUR, de ta voix foudroyante
J'entends les terribles éclats ;
Tu m'apprends l'histoire effrayante
Des puissants efforts de ton bras.
Venge-toi du siecle où nous sommes,
Et recommence aux yeux des hommes
Tant de prodiges triomphants.
Mais, grand Dieu, que ton cœur de pere
Des vils objets de ta colere
Distingue toujours tes enfants.

Je l'ai vu, ce Dieu formidable,
Suivi des légions du ciel,
Dans de vastes déserts de sable
Guider les tribus d'Israël.
Sur les montagnes Idumées,

Sa loi dans ses mains enflammées
De l'univers régloit le sort;
Il châtia l'Hébreu rebelle,
Et répandit sur l'infidèle
La nuit, la famine, et la mort.

Il s'arrête, il contemple et mesure la terre.
Le peuple qu'il disperse au bruit de son tonnerre,
Comme l'eau des torrents, soudain s'est écoulé;
Il brûle les rochers jusque dans leurs racines:
Il s'élance; sa course abaisse les collines,
Et les monts éternels sous ses pas ont croulé.

Des coupables Ismaélites
J'ai vu tomber les pavillons;
Des infames Madianites
J'ai vu périr les bataillons.
Contre ces fleuves que tu brises,
Contre ces mers que tu divises,
Pourquoi signaler ton pouvoir?
Dieu vengeur, que t'ont fait ces ondes?
Dans leurs sources les plus profondes
Pourquoi vas-tu les émouvoir?

Mais tu dissipes les alarmes
De tes enfants épouvantés,
Et tu ne prends en main les armes
Que pour mieux remplir tes traités.
Les monts s'inclinent et t'implorent,
Les flots reculent et dévorent
Les nations que tu maudis;
Et par des clameurs souterraines
De tes volontés souveraines
Les triomphes sont applaudis.

Du jour et de la nuit tu prolonges les heures;

Les deux flambeaux du ciel, du sein de leurs demeures
Eclairent, arrêtés, les œuvres de mon Dieu :
Ils reprennent leur marche au signal de ta foudre,
Et les champs sont couverts de murs réduits en poudre
Par l'éclat de ta lance et tes flèches de feu.

La mort seule échut en partage
Aux rois contre nous alliés ;
Vaincus dans leur propre héritage,
Tu les écrasas sous tes pieds :
Sur le palais d'un roi perfide,
L'ange exterminateur rapide
De la mort imprima le sceau ;
Et dans la nuit ta main sévere,
Confondant le fils et le pere,
Frappa le trône et le berceau.

Et tel fut l'adieu mémorable,
Seigneur, que tu fis aux tyrans,
Quand ton ministre redoutable
Armoit nos aïeux conquérants.
Dans l'Egypte de sang trempée,
Tu brisas le sceptre et l'épée
D'un monarque trop endurci,
Qui sur nous déployoit sa rage,
Plus impétueux que l'orage
Dont un beau jour est obscurci.

Des faux dieux de l'Egypte et de leurs dignes prêtres,
De l'infidele roi que fuyoient nos ancêtres,
Tu voyois les efforts, tu savois les complots ;
Mais sur l'aile des vents tu descendis des nues,
Et ton peuple suivit les routes inconnues,
Que ton char enflammé lui traçoit dans les flots.

Au récit de tant de prodiges,

Grand Dieu, j'ai tremblé mille fois.
Le seul aspect de tes vestiges
Sur mes levres éteint ma voix.
L'effroi dont mon ame est troublée
Par son atteinte redoublée
Corrompt la moelle de mes os ;
Mais tu finiras nos miseres,
Et tranquille parmi mes freres,
Je jouirai de leur repos.

Cependant la terre affligée
Partage encore nos douleurs ;
La vigne inculte et négligée
Languit sans seve et sans couleurs.
L'olivier n'a plus de verdure ;
Les maux que ma patrie endure
S'étendent jusqu'à nos vergers ;
Et sous un ciel âpre et sauvage,
Nos troupeaux que la mort ravage,
Tombent aux pieds de leurs bergers.

Malgré tant de malheurs, j'espere au Dieu qui
   m'aime.
Ma force, mon salut, ma joie est en lui-même ;
Que fera contre moi la ligue des méchants ?
Il rendra pour les fuir ma course plus agile ;
Et bientôt, à l'abri de leur pouvoir fragile,
Des triomphes du ciel je remplirai mes chants.

~~~~~~~~~~

STROPHES

Extraites de l'une des prophéties d'Isaïe.

« C'est Dieu lui-même, dit La Harpe, qui, dans Isaïe,
« après avoir reproché à Israël ses dieux faits de la main
« des hommes, continue ainsi » :

MAIS moi, qui m'a fait ? Qui suis-je ?
Parlez à la terre, aux flots ;
Ils attestent le prodige
Qui les tira du chaos.
La sphère où l'homme voyage,
Au Dieu dont elle est l'ouvrage,
Sert de siége et de degré.
Le firmament qui la couvre
N'est qu'un pavillon qui s'ouvre
Et se referme à mon gré.

. . . .

Levez les yeux sur les voiles
Des célestes régions ;
J'y rassemblai des étoiles
Les nombreuses légions.
Cette lumineuse armée
Dans une plaine enflammée
Marche et s'arrête à mon choix.
Par leurs noms je les appelle ;
Nulle à mes lois n'est rebelle
Et chacune entend ma voix.

STROPHE

Extraite de l'une des prophéties de Jaël.

« Nous avons dans les poëtes anciens et modernes, dit
« La Harpe, plusieurs peintures de campagnes affligées
« de sécheresse. Je doute qu'il y en ait une qui soit à
« comparer à la strophe suivante, au moins pour la
« force du trait ; elle joint le sublime d'idée et d'image
« à la force d'expression. »

L'AIR n'a plus de zéphyrs, le ciel est sans rosée ;
Les animaux mourants sur la terre embrasée
Ne trouvent sous leurs pas ni fleuves ni ruisseaux ;
Et le feu souterrain, dans sa brûlante course,
  Jusqu'au fond de leur source
  A dévoré les eaux.

STROPHE

Extraite de la prophétie d'Abdias.

Dieu s'adresse aux Iduméens, qui se flattent de se dé-
robber à ses coups sous l'abri de leurs montagnes et
de leurs rochers.

QUAND, pour fuir loin de ma puissance,
Tu suivrois l'aigle qui s'élance
Jusqu'à la source des éclairs,
Le souffle seul de ma vengeance
T'anéantiroit dans les airs.

14.

STROPHES

Extraites d'un hymne pour la fête de l'Epiphanie.

Berceau par les rois respecté,
Témoin de leur obéissance,
Tu vis la suprême puissance
Adorer la divinité
Dans les foiblesses de l'enfance
Et les maux de l'humanité.

. . . .

Le ciel s'ouvre aux humains; la mort fuit, l'enfer
    gronde.
Venez, peuples, venez aux pieds du Roi des rois;
Il commence au berceau la conquête du monde,
    Il l'achevera sur la croix.

DISCOURS

PHILOSOPHIQUES

TIRÉS DES LIVRES SAPIENTIAUX.

DISCOURS PREMIER,

TIRÉ DE PLUSIEURS CHAPITRES DES PROVERBES.

Avantages de la médiocrité; bon et mauvais usages des
richesses.

Trop heureux le mortel dont l'activité sage
Agrandit lentement un modique héritage,
Et ne surmonte enfin sa médiocrité
Qu'à force d'industrie et de sobriété.
Il garde sans remords ce qu'il gagna sans crime.
Sa fortune est durable autant que légitime;
Elle passe aux neveux du fortuné vieillard.
Tandis que les enfants du crime et du hasard,
Ces hommes sans pitié que les pleurs endurcissent,
Et que les maux publics en un jour enrichissent,
Dépouillés tout à coup d'un éclat passager,
Ne sortent du néant que pour s'y replonger;
Semblables aux torrents dont la fange et les ondes

Ravageoient avec bruit les campagnes fécondes,
Et qui formés soudain, mais plus vite écoulés,
Se perdent dans les champs qu'ils avoient désolés.

Je déplore l'erreur où ton orgueil te livre,
Riche voluptueux que l'abondance enivre!
Crédule autant que vain, tu prends pour des amis
Ces convives nombreux dans tes festins admis,
Ces grands toujours si bas que l'honneur désavoue,
Ce flatteur qui te hait, te méprise et te loue.
Perfide empressement de ce peuple moqueur!
Ils dévorent tes biens, ils perceroient ton cœur.
L'amitié ne se plaît que sous des toits modestes,
Lieux exempts de discorde et de soupçons funestes,
Asile où dans les bras de la frugalité
Regnent la confiance et la sincérité.

. . . .

Que sert à l'insensé l'éclat de sa richesse?
Ce n'est point à prix d'or que se vend la sagesse.
Que dis-je! Est-ce pour lui qu'elle auroit des appas!
C'est un bien trop stérile, et qu'il ne cherche pas.
Plein de ses passions, il ne connoît, il n'aime
Que ses goûts, ses plaisirs, sa fortune, et lui-même.
Posséder, acquérir, c'est sa vertu, son art ;
Il fait de ses trésors son temple et son rempart :
C'est un mur qui l'entoure, où malgré son audace
Le souffle des revers l'accable et le terrasse.
Plus une tour s'éleve et s'approche des cieux,
Plus sa chute soudaine est terrible à nos yeux.

O riches de la terre! eh pourquoi l'indigence
Voit-elle avec horreur votre altiere opulence?
De vos propres faveurs, cruels, vous abusez.
Vous secourez le pauvre et le tyrannisez.
De son dur bienfaiteur l'aspect le décourage.
Malheur à tout mortel que votre main soulage.

Que ses plus doux regards sont encor rebutants !
Et que vous vendez cher vos bienfaits insultants !

Riches , soyez humains, tendres et généreux!
Quel bien vaut le bonheur de rendre un homme
     heureux?
C'est le plaisir du juste, et c'est le digne usage,
Des fragiles trésors qu'il reçut en partage.
Il prospere , il jouit des bienfaits qu'il répand ;
Vainqueur de l'envieux, cet ennemi rampant,
Il entend sans effroi , gronder loin de ses traces,
Les foudres de la cour et le vent des disgraces.
     Tels ces arbres heureux , et du ciel protégés
Que l'humide aquilon n'a jamais outragés,
Conservent la fraicheur de leur feuille odorante
Quand sous de noirs frimas la terre est expirante,
Etendent leurs rameaux , et parmi les hivers,
Poussent encor des fleurs , et de fruits sont couverts.

~~~~~~~~~~~

DISCOURS II,

TIRÉ DES CHAPITRES XXVII, XXVIII, ET XXXI.

Vie laborieuse et champêtre, agriculture, économie.
Eloge de la femme forte.

Heureux qui de ses mains cultive les sillons
Où son champêtre aïeul planta ses pavillons,
Qui demande à la terre un tribut légitime,
Pour nourrir les mortels l'épuise et la ranime,
Et par l'utile effort d'un soin toujours nouveau,
En devient l'économe, et non pas le fardeau !

Digne que la nature équitable et féconde
A tant d'activité par ses bienfaits réponde,
Tantôt dans ses guérets, tantôt dans son bercail,
Il rend hommage au ciel des fruits de son travail.
 C'est ainsi qu'il remplit la loi de sa naissance;
Tandis que de ce riche au sein de l'opulence,
Les sens dans le repos sont presque anéantis.
Par le sommeil du cœur ses yeux appesantis
N'ont pour les biens réels, pour le bonheur solide
Qu'une vue incertaine, et qu'un regard stupide.
De palais en palais mollement transporté,
Du pauvre en vain suivi, de flatteurs escorté,
Il ignore les soins, la peine et l'industrie;
Et sa main qui jamais ne servit la patrie,
Laisse écouler son or par cent canaux ouverts,
Dans l'abîme du luxe et des plaisirs pervers:
Cet or dont il pourroit finir tant de miseres,
Soulager les besoins et les maux de ses freres:
Cet or, fléau du monde et de l'humanité,
Quand il ne sert qu'au faste et qu'à la volupté.
 De ces biens corrompus rejette au loin l'usage,
Mon fils, je t'offre ici les seuls trésors du sage,
Les seuls dont la beauté mérite nos regards;
Dans les bois, dans les champs, ces trésors sont épars;
Ils germent sous nos pieds, nos mains les font éclore,
Il ne leur faut souvent qu'un beau jour, qu'une
  aurore,
Qu'un ciel pur ou rempli de fécondes vapeurs,
Qu'une douce rosée, ou de vives chaleurs.
Des épis verdoyants, des moissons qui jaunissent,
Des arbres entourés d'eaux qui les rafraîchissent,
Des coteaux qu'embellit la pourpre des raisins,
Des vergers, des hameaux l'un de l'autre voisins,
Des enclos possédés sans crime et sans querelle,
Des foyers pleins de joie, une paix éternelle:
Tel est l'asile unique où la main du Seigneur

A fixé la vertu, la concorde et l'honneur.

Que ce spectacle est riche, et qu'il a droit de plaire
A tout cœur dégagé d'un intérêt vulgaire!
Tourne vers ces objets et tes vœux et tes soins;
Ils suffiront, mon fils, à tes divers besoins.

. . . .

Laborieux mortel, sers d'exemple à tes freres;
Pour labourer ton champ, prends le soc de tes peres.
Spectateur assidu de la terre et des cieux,
Pénetre les secrets qu'ils cachent à tes yeux.
Observe le retour, le déclin de l'année,
Le cercle où du soleil la course est enchaînée,
L'inconstance des vents, les temps et les saisons,
Et leur vicissitude, et leurs combinaisons,
L'influence de l'air, et le pouvoir de l'onde;
De ce livre animé que l'étude est féconde!
Il est toujours ouvert pour le cultivateur:
Il sert au philosophe autant qu'au laboureur.
Tout homme eut le travail et la terre en partage.
Il n'est rien d'infertile, il n'est rien de sauvage,
Si tu sais avec art ménager les terrains;
Ici fleurit la vigne et là germent les grains.
Ce terroir produira des plantes salutaires;
Cet espace est marqué pour des bois solitaires;
De ces prés où tes mains ont creusé des canaux,
Déja l'herbage est mûr, et n'attend que la faux.
Ainsi donc tous les biens qu'enfante la nature
Seront en divers temps le prix de ta culture.

Des fleuves, des ruisseaux que les bords soient
    peuplés
De troupeaux différents toujours renouvelés,
Qu'ils connoissent ta voix, le son de ta musette;
Des paisibles sujets conduits par sa houlette,
Tout pasteur vigilant sait le nombre et les noms.
Content de leur amour, satisfait de leurs dons,
Sur ce peuple soumis tu regneras sans armes;

Ses innocents tributs ne coûtent point de larmes:
C'est du lait, des toisons, richesse des pasteurs,
Et dont l'abus jamais ne corrompit les mœurs.
Possede-la, mon fils, et dans sa jouissance
De ton cœur vertueux, affermis l'innocence.
Mais un bien doit encor exciter tes desirs,
Un bien qui met le comble au bonheur, aux plaisirs,
Un bien si précieux que ton auteur suprême,
Pour le rendre plus doux, l'a tiré de toi-même:
Une compagne enfin, qui, digne de ton choix,
D'une épouse fidele exerce tous les droits,
Et qui t'offre sans cesse, en retour de ta flamme,
Moins les attraits du corps que les beautés de l'ame.
Son cœur est sans détour, son esprit est sans fard;
Elle a le don de plaire, elle en méprise l'art;
De guirlandes de fleurs elle a tissu tes chaînes;
Compagne de ton sort elle adoucit tes peines.
Tu dors à ses côtés d'un tranquille sommeil;
Elle est dans les revers ton appui, ton conseil,
Et, dans ce cœur sensible où le tien se déploie,
Tu verses tes douleurs, et tu répands ta joie. (1)
Confie à son amour tes dociles enfants;
Qu'elle regne au foyer comme toi dans les champs.
C'est là que sa prudence accroît ton héritage.
Entre tes serviteurs qu'elle seule partage
Les fuseaux, la navette et les divers emplois
Qu'au sein de ta famille établiront ses lois.
Quand des feux du matin l'univers se colore,
Son visage aussi pur, aussi frais que l'aurore,
Ecarte le sommeil, bannit l'oisiveté,

_____

(1) *Note de l'éditeur.* Ce vers et les sept qui le pré-
cedent se trouvent dans un autre Discours que je n'ai
pas conservé. J'ai cru qu'ils seroient très bien placés
dans celui-ci, et qu'ils completteroient le tableau dans
lequel je les ai transposés.

Ranime le travail que soutient sa gaîté.
Les arts à ses leçons avec zele obéissent ;
Par ses mains cultivés tous les arts l'enrichissent ;

. . . .

De l'orphelin, du pauvre, en leur calamité,
Elle calme la faim, couvre la nudité.
L'indigence en ce lieu n'est jamais importune ;
C'est un asile ouvert aux cris de l'infortune :
Un séjour où chacun goûte et voit sans ennui
Sa félicité propre et le bonheur d'autrui.
   Et tels sont les travaux, les succès d'une femme
Qu'un zele bienfaisant éclaire, instruit, enflamme.
O des faveurs du ciel rare et modeste emploi !
Femme forte, quel homme est comparable à toi !
Quel homme accomplit mieux le précepte suprème
De chérir les humains à l'égal de soi-même !
Femme heureuse ! ses jours au monde précieux
Sont loués sur la terre et bénis dans les cieux.
L'innocente candeur dans sa bouche réside ;
A tous ses entretiens la charité préside ;
Que de voix à l'envi consacrent ses bienfaits !
Que de cœurs subjugués par ses chastes attraits !
Son époux est brillant des rayons de sa gloire,
Et ses enfants devront leur lustre à sa mémoire.

. . . .

   O crainte du Seigneur, tu regles tous ses pas,
Tu répands ses trésors, tu défends ses appas ;
Le monde rend hommage à sa conduite austere :
Tout corrompu qu'il est, c'est un juge sévere,
Qui déteste et méprise, en dépit des flatteurs,
Les biens sans la vertu, la beauté sans les mœurs.

~~~~~~~~~~~~~~

DISCOURS III,

TIRÉ DE DIFFÉRENTS CHAPITRES DES PROVERBES.

De la calomnie.

AIMER tous les humains d'une charité pure,
C'est la loi du Seigneur, le vœu de la nature.
Ce précepte si doux que l'amour a tracé.
Comment du cœur de l'homme est-il donc effacé !
Quel mortel le premier dans sa sombre furie
Osa contre son frere armer la calomnie,
Monstre impur que le ciel eut toujours en horreur,
Qui, plein d'effroi lui-même, inspire la terreur ;
Implacable ennemi de la vertu modeste,
Aux rois comme aux sujets, monstre souvent funeste.
Qui dans l'obscurité prépare ses poisons,
Vit de haine et de fiel, souffle les trahisons,
Et dévorant toujours victime sur victime,
Jamais ne ferme l'œil qu'endormi par un crime ?
Vous, dont l'exemple ajoute à la force des lois,
Organes de Dieu même; ô magistrats ! ô rois !
Loin de vous, loin des lieux où l'équité préside,
Chassez, exterminez toute langue homicide,
Tout calomniateur que de honteux succès
Ont rendu plus hardi, plus noir dans ses excès.
Quel reproche pour vous, si l'honneur, l'innocence
De votre ministere accusoit l'indolence !
Et que seroit-ce encor si des faits diffamants
Surprenoient par malheur vos applaudissements;
Si vos fronts destinés à foudroyer le vice

D'un horrible libelle accueilloient la malice !
A ces vils assassins pardonnez, je le veux ;
Mais qu'au moins vos regards soient des arrêts
    contre eux.
Car ne présumez pas qu'en flattant leur licence,
Vous détourniez de vous son aveugle insolence.
Vous riez, mais tremblez : vos noms auront leur tour ;
Dans ces fastes affreux ils rempliront leur jour.
Il n'est rien de sacré que le méchant n'insulte,
Mœurs et gouvernement, Dieu lui-même et son culte.
Qui blasphème le ciel fait-il grace aux humains !
Les dards empoisonnés qui partent de ses mains ;
Se croisent dans les airs , se combattent sans cesse ;
Il les jette au hasard, et quelquefois il blesse.
    O mortel forcené, sans pudeur et sans foi,
Mortel qui ne connoît ni joug, ni frein, ni loi !
De quel nom prétend-il que l'univers le nomme !
Est-ce un démon d'enfer? est-ce un tigre? est-ce un
    homme?
Ses yeux sont égarés, ses pas sont incertains ;
La rage est dans son cœur, le poignard dans ses
    mains ;
Son esprit ne conçoit que de folles pensées,
Et sa bouche vomit leurs fureurs insensées.
D'autres monstres, formés du venin qu'il répand,
Suivent dans les marais cet orgueilleux serpent,
Sifflent quand il l'ordonne , et de leur fange impure
Exhalent avec lui des torrents d'imposture. (1)
    La Renommée alors, leur fidele soutien,

---

(1) *Note de l'éditeur.* Cette tirade , dont trois hé-
mistiches seulement sont imités des *Proverbes* , désigne
Voltaire. Or Pompignan n'avoit-il rien à se reprocher,
quand il ajoutoit ainsi au texte de Salomon , pour peindre avec de pareilles couleurs l'homme qui a si émi-
nemment illustré sa patrie et son siecle?

Prompte à grossir le mal, froide à vanter le bien,
Entend sans écouter, multiplie, exagere,
Et répete en fuyant leur clameur mensongere.
Le peuple s'abandonne à ces discours trompeurs,
Reçoit des préjugés et se repaît d'erreurs.
Le sage s'en indigne ; oui : mais la voix du sage
Se perd dans l'océan de ce monde volage ;
C'est d'un cri sans écho la foible autorité.
Dans ce choc de rumeurs que peut la vérité ?
Elle marche à pas lents, le mensonge a des ailes ;
Il s'échappe, il revient par cent routes nouvelles :
C'est l'aigle qui s'élance, et qui, trompant nos yeux,
Plonge dans un abîme, ou perce jusqu'aux cieux.

Ainsi la calomnie, en tous lieux détestée,
Est par-tout répandue aussitôt qu'enfantée ;
Son auteur en triomphe et se fait un appui
De tout mortel impie ou méchant comme lui.
Non qu'il soit plus heureux dans sa lâche victoire ;
Ses actions d'avance ont flétri sa mémoire :
Comme lui, ses pareils, endurcis aux affronts,
Portent le déshonneur imprimé sur leurs fronts ;
Il n'est point de laurier qui le couvre ou l'efface.
En vain redoublent-ils leur frénétique audace,
Plus ils méprisent tout, plus le mépris les suit.

Qui l'eût cru cependant, de tant d'horreurs in-
struit,
Que ces hommes moqueurs, fiers des plus vils suf-
frages,
Oseroient sans rougir prétendre au nom de sages ;
Qu'ils diroient à la terre : écoutez nos leçons ;
Cherchez-vous la vertu ? c'est nous qui l'enseignons ;
Comme nous soyez droits, religieux, sinceres,
Modestes, pleins de zele et d'amour pour vos freres.
Les fourbes ? ô sagesse, ô don venu du ciel,
As-tu mis ta douceur dans des vases de fiel,
Ta candeur dans la bouche où regne l'artifice,

Ta droiture en des cœurs voués à l'injustice?
Sous des masques hideux reconnois-tu les traits
Que l'univers adore en tes divins portraits?

. . . .

Du moins si la raison dont ils vantent l'empire
Suspendoit quelquefois cet insolent délire,
Commandoit à leur langue, ou retenoit leur main,
Prêtes à publier un mensonge inhumain;
Si le remords terrible épouvantoit leur ame,
De leurs lâches complots s'ils déchiroient la trame,
Si cette humanité qu'ils célèbrent toujours,
Animoit leur conduite ainsi que leurs discours!
Ah! ne l'espérez pas d'une implacable secte;
Rendre le vrai douteux et la vertu suspecte,
C'est leur premiere étude et leur plus cher désir:
Imposteurs par système, et méchants par plaisir.
Nul sage, croyez-moi, sans tourment pour sa vie,
N'a repris le moqueur, ni censuré l'impie,
Il épargne le rang, les personnes, les noms,
Il n'en veut qu'à l'erreur: inutiles raisons;
Décrier leur école, attaquer leurs maximes,
Penser autrement qu'eux, c'est le plus grand des
      crimes.
De là cette chaleur, ce trouble des esprits,
Et la haine et l'insulte, et la guerre et les cris,
Et le déchaînement d'une infame cabale,
Et les productions de sa plume infernale,
Et les efforts secrets d'homme jaloux et bas,
Et les effets publics de leurs sourds attentats,
Et ce tas de brigands, d'ennemis mercenaires,
D'amis lâches ou faux, d'émules, d'adversaires,
Par les nœuds de l'envie unis dans leurs noirceurs,
Et d'autant plus cruels qu'ils sont les offenseurs.
Et toi, d'un zele pur innocente victime,
Qui que tu sois, mortel que tant de haine opprime,
Qui t'es vu sans appui, sans secours, sans vengeur,
                    15.

Livré comme anathême aux traits de l'imposteur,
Mais qu'un siecle plus juste et des lois mieux ser-
        vies
Vengeront tôt ou tard du succès des impies ;
Attendant que le ciel tonne sur leurs forfaits,
Rentre au fond de ton cœur, et cherche-s-y la paix.
Laisse la calomnie à ses fureurs en proie,
Aux maux qu'elle a cru faire insulter avec joie,
Jouir du fruit amer de ses emportemens ;
Quelle en est la durée ? hélas ! quelques momens,
Quelques jours, quelques mois, peut-être des années,
Vaines faveurs du temps, et bientôt terminées,
Imperceptibles points dans l'espace infini
Où le crime d'un jour est à jamais puni.
Que reste-t-il enfin de ces excès iniques,
De ces écrits menteurs, de ces chants satiriques ?
C'est des vapeurs de l'air le spectacle mouvant,
Un éclat de tonnerre, un tourbillon de vent :
Mais le calme renaît, le ciel luit sans nuage,
Et n'est jamais si beau qu'après un long orage.
    N'est-il pas même encor des déserts et des bois
Où de la calomnie on n'entend pas la voix ?
Fuyons avec l'honneur, fuyons dans cet asile ;
Oublions loin du monde, en ce séjour tranquille,
Tout perfide ennemi, tout indigne rival ;
Sur-tout ne disons point : Je lui rendrai le mal.
S'il a faim, que nos mets largement le nourrissent ;
S'il a soif, que nos eaux soudain le rafraîchissent,
Nos soins et nos bienfaits, nos dons sur lui versés ;
Sont des charbons de feu sur sa tête amassés.
O mortels, c'est ainsi que la vertu se venge.
Les cœurs sont à Dieu seul, c'est lui seul qui les
        change ;
Des bons et des méchants lui seul peut ordonner :
C'est à Dieu de punir, à nous de pardonner.

~~~~~~~~~~~~

DISCOURS IV,

TIRÉ DE DIFFÉRENTS LIVRES DES PROVERBES.

Des rois et des sujets.

Le pouvoir paternel , l'autorité suprême
Sont des droits émanés du Créateur lui-même.
Dieu sur la même tête unit leur double loi ;
Qui fit le premier pere a fait le premier roi.
 Le premier qui du sceptre exerça la puissance,
N'avoit que ses enfants sous son obéissance.
Les enfants à leur tour, dans ce chef révéré ;
Obéissoient à Dieu qui l'avoit consacré.
Dans ces nœuds que forma la sagesse divine,
Du vrai gouvernement nous trouvons l'origine ;
Sur l'intérêt commun ses titres sont fondés.
Vous que régit un maître , et vous qui commandez,
Conservez à jamais de si doux caracteres ;
Rois , voilà vos enfants : sujets , voilà vos peres.
 Ce sont là les pasteurs , ce sont les souverains
A qui le roi des rois confia les humains,
Ils regnent comme lui par l'amour et la crainte ;
Il les a couronnés de sa majesté sainte ;
Ils tiennent de lui seul l'empire des mortels.
Images du Très-Haut, vengeurs de ses autels,
Il dépose en leur main sa balance et sa foudre,
Et le droit de juger, de punir et d'absoudre.
Mais dans ce rang divin dont ils sont revêtus,
Qu'ils trouvent de devoirs , et qu'il faut de vertus !
 Pour la religion pleins d'amour et de zele ,

Qu'elle ait leurs premiers soins , qu'ils regnent avec
 elle.
Leur pouvoir se détruit quand elle perd le sien ;
L'enfer souvent ébranle un si ferme soutien :
Il suscite l'erreur, les nouveautés hardies.
Tout roi sage déteste et proscrit les impies :
Chassés de sa présence et courbés sous le frein,
C'est pour eux que son sceptre est un sceptre d'airain.
Il sait trop que leur secte est l'école du crime,
Que nulle autorité n'est pour eux légitime,
Et qu'instruit à braver remords, nature et loi,
L'ennemi de son Dieu l'est toujours de son roi.
 Un monarque pieux n'en sera que plus juste :
Mieux qu'un autre il remplit son ministere auguste.
De la religion la justice est la sœur ;
Dieu la donne en partage aux rois selon son cœur.
Assise en leurs conseils qu'elle seule y décide ;
Que le pauvre , la veuve et l'orphelin timide,
Sans terreur et sans honte approchent de ce lieu :
Le palais d'un roi juste est le temple de Dieu.
Sa bouche en est l'organe ; et sa voix, son oracle ;
La verité lui parle , et ne craint point d'obstacle ;
Il l'écoute, il l'honore , et par un seul regard ,
Du mensonge perfide il déconcerte l'art.
Il n'a point à sa cour de ces amis du vice,
Qui disent aux tyrans: vous aimez la justice ;
Le peuple satisfait, à vos lois applaudit.
O lâche adulateur, ce peuple te maudit ;
Il invoque la foudre et déja le ciel tonne.
 Vous qui briguez l'honneur de servir la couronne.
Soyez de l'équité les ministres chéris ;
L'amitié des bons rois ne s'obtient qu'à ce prix :
Elle est le prix d'un cœur aussi pur que fidele.
Un monarque équitable auprès de lui n'appelle
Que des mortels prudents , humains , religieux ;
Ce conseil sur la terre est le sénat des cieux.

Il en a la prudence, il en a la sagesse ;
Des peuples enchantés il nourrit l'alégresse.
Puisse de jour en jour s'accroître leur bonheur,
Et la guerre jamais n'en troubler la douceur !

    La guerre ! ô châtiment, ô fléau de la terre,
Jeu barbare des rois, impitoyable guerre,
N'attends pas que des chants par le sage inspirés,
Célébrent des héros faussement admirés.
S'il est vrai cependant que de justes querelles
Ont armé quelquefois les mains les moins cruelles,
S'il est des droits certains d'héritage ou de rang,
Qui pour être affermis veulent des flots de sang,
Si des voisins jaloux dans la paix nous outragent,
Insultent nos foyers, les brûlent, les ravagent,
Rois, consultez Dieu même, et frémissez encor ;
Craignez que de sa haine il n'ouvre le trésor :
Songez qu'en prononçant ce mot affreux de guerre
Vous appelez la mort et l'enfer sur la terre ;
Qu'ils regnent l'un par l'autre aux lieux où l'on
    combat ;
Que l'abîme engloutit ceux que le glaive abat ;
Que les plus grands excès, les fureurs les plus noires,
Déshonnorent toujours vos plus belles victoires,
Et que, par des vainqueurs féconds en cruautés,
Mille forfaits nouveaux sont encore inventés.
C'est pour vous qu'en tous lieux ces maux se multi-
    plient.
Ennemis et sujets, morts et vivants, tous crient ;
Tous de l'humanité pleurent des justes droits :
Les campagnes en feu, les villes aux abois,
Les époux expirants, les femmes égorgées
Aux pieds des assassins qui les ont outragées,
La nature, l'honneur, les temples, les autels,
Tout réclame le Dieu, seul juge des mortels.
S'il vous donna l'épée, il porte la balance,
Et vous serez pesés au poids de la vengeance.

Que les regrets publics, en ce moment fatal,
Vous servent de cortége au pied du tribunal ;
Présentez-y les vœux, le puissant témoignage
Des sujets fortunés qui vous rendoient hommage.
Pour vous ouvrir les cieux qu'ils unissent leurs voix.
Que la louange alors a de force et de poids !
Ce langage est le seul qui calme un Dieu sévere,
Dont vos flatteurs cent fois ont armé la colere.
  Méritez, dieux du monde, un suffrage si beau.
L'instant viendra pour vous de descendre au tom-
    beau :
C'est où de vos pareils aboutit la puissance.
Du souverain suprême imitez la clémence ;
Elle est l'appui du trône, elle en est l'ornement :
Nous nous plions sans peine au joug du sentiment.
Sous un prince adoré tout fleurit, tout prospere ;
S'il commande en monarque, il administre en pere.
Il aide ses sujets dans les jours de malheurs ;
Econome attentif de ses biens et des leurs,
Ardent à les venger, si quelqu'un les opprime,
Lui-même apprend aux rois cette sainte maxime,
Que les dons, les tributs, fruits de tant de soupirs,
Sont fait pour les besoins et non pour les plaisirs.
  Loin des yeux, loin du cœur d'un monarque sen-
    sible,
Le tableau douloureux, le spectacle terrible
Des maux, de la misere et du long désespoir
De tant d'infortunés soumis à son pouvoir.
Ou plutôt offrons-lui ces touchantes images ;
Des mortels abrutis et devenus sauvages :
Des familles en pleurs, importunant les cieux :
Des pays autrefois peuplés, industrieux,
Où l'art du laboureur, ce premier art des hommes,
Cet art qui nous fait vivre, injustes que nous sommes,
Cet art que tant de rois ont honoré, chéri,
Est par un vil service indignement flétri :

Des vallons, des coteaux et des plaines fertiles,
Où le cultivateur, qui, de ses mains utiles,
A conduit la charrue et manié la faux,
Ne trouve que la faim au bout de ses travaux :
Des domaines entiers sans maître et sans culture :
Des bois et des sillons pleins d'une bourbe impure :
Des chemins effacés, des villages détruits,
Et des prés sans herbage, et des vergers sans fruits ;
Des murs abandonnés, où, parmi les reptiles,
Des troupeaux sans pasteurs, des vieillards sans
     asiles,
Sont ensemble couchés sous des toits entr'ouverts :
Là de foibles enfants, victimes des hivers,
Sous un ciel étranger suivent leur triste mere,
Qui déplore avec eux le trépas de leur pere.
Ici l'épouse enceinte, au fort de ses douleurs,
De l'extrême indigence éprouve les horreurs ;
Succombant aux besoins, autant qu'à son mal même,
Elle tient dans ses bras le tendre époux qu'elle aime,
Et qui de tout son sang voudroit la secourir,
Le quitte avec regret et meurt avec plaisir.
    O rois, l'ignorez-vous ? Vos sujets sont vos freres ;
C'est à vous, à vous seuls d'adoucir leurs miseres.
Dieu veut, nous le savons, que l'inégalité
Soit la base et le nœud de la société ;
Que les rangs, les honneurs, la gloire et la richesse
En des lots différents soit répartis sans cesse ;
Mais il veut que l'accord qu'il mit dans ses decrets
Soit la regle des rois comme de leurs sujets :
Que les êtres sortis de ses mains éternelles
Jouissent du bienfait de ses lois paternelles ;
Que l'un soit absolu, mais juste et généreux :
Que l'autre soit fidele et soumis, mais heureux.
Monarques et sujets, tel est notre partage.
Dieu dans sa providence est un arbitre sage ;
Il nous fit l'un pour l'autre et confia le sort

Du misérable au riche, et du foible au plus fort.
Voilà l'ordre prescrit, et cette loi féconde
Renferme nos devoirs et le bonheur du monde.

    Qu'il est beau de regner sur des peuples nombreux!
C'est la force du maitre, il n'est grand que par eux.
Un royaume désert est la honte du prince;
La plus brillante cour vaut moins qu'une province.
Un monarque éclairé porte au loin ses regards,
Rend la vie et le zele au peuple comme aux arts.
Conduite par l'amour, sa douceur bienfaisante,
Par-tout inépuisable, et par-tout agissante,
Vole, franchit les airs, de climats en climats,
Jusqu'aux extrémités de ses vastes états.
Son front calme et serein dissipe les alarmes;
Les yeux à son aspect ne versent plus de larmes:
C'est le soleil du pauvre et l'astre du bonheur.
La terre et les humains ressentent sa faveur.
Telle est au point du jour cette fraîche rosée,
Secours délicieux d'une plante épuisée,
Source de ces parfums qu'au retour du printemps,
Exalent à l'envi les jardins et les champs.
Telle est la douce pluie en automne attendue,
Qui sans bruit, sans orage à grands flots répandue,
Vient donner aux raisins, trop durcis par l'été,
Leur seve, leur couleur et leur maturité.

    Cependant l'industrie et les hommes renaissent;
Le commerce fleurit, les moissons reparoissent;
Le coteau retentit du chant du vigneron:
L'écho des bois s'éveille aux airs du bûcheron:
Le laboureur content, vers son hameau ramene
Les taureaux vigoureux qui sillonnoient la plaine:
La flûte et le haut-bois assemblent les troupeaux;
Le moissonneur, chargé de ses propres fardeaux,
Qui de l'âpre exacteur ne seront plus la proie,
Aux mains de ses enfants les remet avec joie.
C'est le prix des sueurs, et ce prix est sacré.

Le champêtre repas est déja préparé,
Repas d'hommes contents, banquet de la sagesse,
Commencé sans ennui, terminé sans ivresse.
L'envieux, le méchant, n'y portent point leur fiel :
On y bénit le prince, on y rend grace au ciel.
Quelle félicité ! quel maître ! et quel empire !
L'étranger est jaloux, et l'univers admire.
Ces temps sont précieux sans doute, et ces beaux
    jours
Aux regards des humains ne luisent pas toujours.
Mais en toute occurrence, en tous lieux, en tout âge,
La vertu, le devoir, la loi, n'ont qu'un langage :
Obéir à son maître : oui, mortels, obéir.
Dieu fit la loi : parlez, l'oserez-vous trahir ?

Toi sur-tout, dont j'aspire à former la jeunesse,
Mon fils, après ta mere, objet de ma tendresse,
Quelque sort ici bas qui te soit destiné,
Crains ton dieu, sers le roi que ce dieu t'a donné.
Que par-tout ce précepte à tes yeux se retrace.
Je déplore l'orgueil, ou l'indiscrete audace,
Qui des maîtres du monde excite le courroux :
Ils sont de leur puissance amoureux et jaloux ;
Tout sujet insolent met en péril sa tête.
Dans leur ressentiment nul frein ne les arrête ;
D'un lion qui rugit c'est le fougueux transport :
La colere des rois est un arrêt de mort.
La révolte souvent les a rendus barbares.
S'il en est de cruels, d'injustes, ou d'avares,
Qui repoussent le peuple accouru dans leurs bras,
Par un reproche amer ne les irritez pas.
Gémissez : la douleur, les soupirs et les larmes
Sont des efforts permis et d'innocentes armes.
Des plaintes sans aigreur, un zele tendre et pur,
Ont d'invincibles droits sur le cœur le plus dur.
Détrompé tôt ou tard d'un conseil trop funeste,
Vos pleurs l'ébranleront, Dieu conduira le reste.

Des volontés des rois arbitre souverain,
Il tient avec leur jour leur esprit dans sa main.
C'est une onde courante, une source docile
Que l'art du jardinier gouverne et rend utile,
Qu'il divise et promene en ses divers carreaux,
Quand leurs sillons brûlants lui demandent des
    eaux.

    Vivons en citoyens, vivons soumis, paisibles.
De la rebellion les suites sont horribles.
Quel changement heureux, quel bien dans les états
Ont produit les complots, les partis, les combats?
C'est vous que j'interroge, auteurs de ces intrigues
Qui dans le sein du trouble ont enfanté les ligues,
Vous, qui, pour vos plaisirs dévorant les tributs,
Parlez de maux publics, et d'excès, et d'abus,
Qui trompez le vulgaire, allumez l'incendie,
Et pour guérir l'état, immolez la patrie.
Il est des malheureux, il est des oppresseurs,
On le sait : mais faut-il pour finir ces malheurs,
Au bruit de la trompette arborer dans nos villes
L'effroyable étendard des discordes civiles?
Du sage patriote êtes-vous secondés?
Etes-vous son espoir, son salut? Répondez.
Les traîtres n'oseroient eux-mêmes se condamnent :
Ils usurpent en vain des titres qu'ils profanent.
L'intérêt personnel sous des noms spécieux
Conduit secrétement leurs coups ambitieux.
Le peuple n'a jamais profité de leur crime;
Il en fut le prétexte, et toujours la victime.

    Ce n'est pas qu'adoptant un système fatal
Je rende au despotisme un hommage vénal
Que j'accorde à des rois ce que Dieu leur refuse,
Ni dans leurs attentats que ma voix les excuse.
Non; je connois trop bien leurs devoirs différents.
Je hais la tyrannie et je plains les tyrans.
Mais si le droit divin, mais si les lois humaines

Contre leurs passions sont des barrières vaines,
Si jusqu'en ses foyers l'innocent craint pour lui,
N'est-il donc pas contre eux de légitime appui,
Des regles que le ciel, que la nature ait faites,
Des juges dont le soin... Ce n'est pas vous qui l'êtes,
Soldats, peuples, ni grands, prêtres, ni magistrats;
Le serment de vos cœurs enchaîne aussi vos bras.
Qui détrône les rois bientôt les assassine.
Périsse pour toujours l'exécrable doctrine
Qui de l'oint du Seigneur combattroit le pouvoir,
Et d'un crime d'état feroit un saint devoir!   -

    Des maîtres que le ciel établit sur nos têtes,
La chute ou les revers sont pour nous des tempêtes;
La sûreté publique à leur sort nous unit;
Dieu seul, quand il le veut, les juge et les punit.
Mais ceux que la pitié ni la gloire ne touche,
Les tyrans, en un mot, apprendront par ma bouche
Qu'ils n'ont, après leur mort, ni sujets, ni flatteurs,
Que leurs propres enfants leur refusent des pleurs,
Que la postérité, que les temps et l'histoire,
A l'opprobre, à l'horreur consacrent leur mémoire;
Que tel est leur destin dans ce séjour mortel.
Mais qu'il est d'autres maux dans l'abîme éternel;
Qu'ils y trouvent un Dieu terrible, inexorable,
Les cris de l'opprimé, les pleurs du misérable,
Le sang des nations follement repandu
Pour un droit chimérique, ou trop mal défendu,
Les crimes qu'ils ont faits, ceux qu'on fit pour leur
      plaire,
Les imprécations contre un regne arbitraire,
L'accablant souvenir de ce qu'ils ont été,
Et des méchants entre eux l'affreuse égalité.
    Epouvantable fin d'une illustre carriere!
De quoi leur a servi cette majesté fiere,
Tant de gardes armés, tant de pompe et d'orgueil?
Le sceptre est un fardeau, le trône est un écueil.

Il n'est rien qui du peuple écarte les injures.
Souvent le meilleur prince a causé des murmures.
Que n'exigeons-nous pas, impérieux sujets!
Des talents, des vertus, et même des succès.
Vous dont le cœur est droit, l'ame tranquille et saine,
Parcourez les devoirs de cette vie humaine,
Observez bien les rois, et vous direz : hélas!
Trop heureux qui sait l'être; heureux qui ne l'est pas!

DISCOURS V,

TIRÉ DES CHAPITRES VII ET VIII DE L'ECCLÉSIASTE.

Aimer les corrections, préférer la vertu à la célébrité,
et respecter les voies de Dieu.

Aimez qui vous instruit, aimez l'ami sévère
Dont l'œil sur vos défauts porte un regard austere;
S'il se tait, sur son front vous lisez vos erreurs :
Son silence vaut mieux que le cri des flatteurs.
Que m'importe le son de leurs clameurs serviles?
J'estime autant le bruit de ces rameaux fragiles,
Dont le bois pétillant, des flammes consumé,
Tombe réduit en cendre aussitôt qu'allumé.
Fuyez ces lieux trompeurs, ces palais où la joie
Dans la pompe et les jeux tristement se déploie;
Ou la fausse douceur, la feinte aménité
Ne couvre que vengeance et que malignité.
Ce n'est point là que l'homme apprend ce qu'il doit
      être.
O mortels, le plaisir est un dangereux maître.

Considérez plutôt ces torches et ce deuil,
Ces enfants et leur mere embrassant un cercueil,
Trop utiles leçons que le ciel nous présente :
La mort est des humains l'instruction vivante.
Elle occupe le sage et trouble l'insensé.
Prévoyons l'avenir, rappelons le passé :
Sur-tout n'envions pas, dans nos jours peu durables,
L'éclat de ces mortels plus fameux qu'estimables.
Ni le bruit qu'ils ont fait, ni le rang qu'ils ont eu
N'est égal au renom que donne la vertu.

Trop frappé cependant d'une fausse lumière,
J'ai long-temps ignoré cette vertu première,
Cette docilité d'un cœur humble, ingénu,
Et qui dans son néant ne s'est point méconnu.
Je voyois du méchant prospérer la malice,
Le juste abandonné périr dans sa justice,
Et ma raison prenant un vol audacieux,
Osoit dans leur conseil interroger les cieux.
Terrible égarement d'un esprit qui s'oublie !
L'abus de la raison dégénere en folie.
Je jugeois la justice et lui faisois la loi ;
Ainsi que la sagesse elle étoit loin de moi.
Je me crus philosophe en cessant d'être sage.
Laissons à Dieu le soin de régir son ouvrage.
Des devoirs naturels sa bonté nous instruit :
Sur l'univers entier le ciel pleut, le jour luit :
Des humains, quels qu'ils soient, soulageons la
    misere ;
Le plus méchant d'entre eux n'en est pas moins mon
    frere.
Ce mortel vertueux dont je plains les revers,
Peut-être a mérité les maux qu'il a soufferts.
Le juste est devant Dieu moins juste qu'on ne
    pense.
Hélas ! plus d'une fois il perdit l'innocence.

16.

Il est tant de périls , tant de séductions :
L'ame aisément s'allume au feu des passions ;
Le vice en est le fruit , le crime suit le vice.
Voulez-vous dans vos cœurs conserver la justice?
Obéissez à Dieu , vous dépendez de lui:
Aux lois, aux magistrats , leur force est votre
    appui:
A Dieu plus qu'au roi même : il nous a donné l'être,
Et des maîtres du monde il est le premier maître.
Si ce vaste univers est plein de malheureux,
Si l'homme s'abandonne à des crimes honteux,
Si l'autel est souillé par un pontife impie ,
Si l'innocent proscrit perd l'honneur et la vie ,
Gardons-nous d'accuser les célestes décrets:
De tant d'événements les principes secrets
Surpassent des humains la foible intelligence,
Et ce n'est point encor le temps de la science.
Le philosophe en vain la cherche jour et nuit ;
Plus nous courons vers elle , et plus elle nous fuit.
Dieu n'a point dans ses lois demandé nos suffrages;
Recevons ses bienfaits, contemplons ses ouvrages.
Jusqu'au jour où ses feux viendront nous éclairer ;
C'est à lui de savoir, c'est à nous d'ignorer.

~~~~~~~~~~~~~~

DISCOURS VI,

TIRÉ DES CHAPITRES XI ET XII DE L'ECCLÉSIASTE.

Faire de bonnes œuvres, se préparer à la vieillesse,
à la mort et au jugement de Dieu.

Comme aux jours de l'automne, en des sillons
fertiles,
Le sage laboureur répand les grains utiles.
Dont le germe fécond, dans la terre humecté,
Forme durant l'hiver les trésors de l'été :
Ainsi des biens mortels l'économe fidèle,
Qui sur les malheureux les épanche avec zele,
Seme des fruits de vie en des champs précieux
Dont la moisson s'élève et mûrit dans les cieux.

. . . .

Qu'importe que vos dons souvent soient mal placés ?
Dieu qui veille sur nous les voit, et c'est assez.
L'abus an bienfaiteur n'en est jamais funeste,
Et si l'emploi se perd, du moins le bienfait reste.
Ce sont là les vertus, les trésors assurés
Qui ne périssent point, et par qui vous vivrez.
Elles sont au tombeau nos compages fideles,
Et la mort et l'enfer se tairont devant elles.
Ne fondez point ailleurs vos vœux ni votre espoir.
Quand vous auriez du trône exercé le pouvoir ;
Quand de siecles sans nombre, au gré de votre envie,
Le ciel auroit tissu le cours de votre vie ;
Quand pour vous chaque jour eût créé des plaisirs,
Et que chaque instant même eût comblé vos desirs,

Ce sont des jours perdus, des instants inutiles,
Si vous n'avez prévu ces repentirs stériles,
Et ces derniers moments d'ennui, d'obscurité,
Qui vous diront trop tard que tout fut vanité.
Tout le fut, le plaisir, la jeunesse et la joie :
Vous crûtes en jouir, le temps en fit sa proie ;
Il vous en laissoit l'ombre, elle fuit à son tour.
Bientôt vos yeux éteints ne verront plus le jour :
Sur vos fronts sillonnés la pesante vieillesse
Imprimera l'effroi, gravera la tristesse :
Ses frimas détruiront vos cheveux blanchissants ;
Vous perdrez le sommeil, ce charme de nos sens.
Les mets n'auront pour vous que des amorces vaines ;
Vous serez sourds au chant de vos jeunes sirenes.
Vos corps appesantis, sans force et sans ressorts,
Feront pour se traîner d'inutiles efforts.
La mort, d'un cri lugubre annoncera votre heure ;
L'éternité pour vous ouvre alors sa demeure :
On verse quelques pleurs, suivis d'un prompt oubli.
Le corps né de la fange, y rentre enseveli ;
Et l'esprit, remonté vers sa source divine,
Va chercher son arrêt où fut son origine.
    Ainsi finit le cours de vos ans limités.
Vos plaisirs, vos honneurs, ne sont que vanités.
Le sage vous le dit, l'esprit saint vous l'inspire ;
Par ses traits consolants son amour nous attire ;
Il en remplit notre ame, et c'est l'unique sceau
Dont l'unique pasteur a marqué son troupeau.
Je fus son interprête, il dicta ses maximes,
Ces leçons de vertu touchantes et sublimes ;
C'est l'ouvrage du ciel, mon fils, et non le mien.
Les hommes t'instruiront, leur science n'est rien :
Elle accable l'esprit, l'afflige ou l'empoisonne.
Ces docteurs applaudis que la foule environne,
Ces arts multipliés, ces volumes nombreux,

Nous rendent-ils meilleurs, ou du moins plus heu-
  reux?.
Non; c'est un vain remede aux dégoûts de la vie.
C'est dans son propre cœur que le sage étudie.
Il y consulte en paix la souveraine loi,
Et soumet sa raison, ses doutes et sa foi.
  Pour vous, peuples divers qu'ici ma voix ras-
   semble,
Ecoutez ces discours, méditez-les ensemble;
Que de votre mémoire ils ne sortent jamais.
Craignez, servez toujours le Dieu qui vous a faits;
Connoissez son pouvoir, sentez votre foiblesse;
De ses conseils profonds adorez la sagesse.
Mortels, c'est là tout l'homme. O volages humains!
Faut-il que le bonheur s'échappe de leurs mains!
Dieu veut qu'ils soient heureux, et cet aimable maître
Leur donna le desir et les moyens de l'être.
Mais ne profanons pas son auguste secours.
Notre ame n'a pour lui ni replis, ni détours;
Elle est sous ses regards, elle est dans sa balance:
Du pécheur qui se cache il entend le silence;
Ses invisibles mains préparent le tableau
Qui frappera nos yeux en entrant au tombeau.
L'homme alors n'aura plus d'espoir ni de refuge.
Témoin contre lui-même, accusateur et juge,
Il fut libre; il connut la loi, la vérité,
Et lui seul fait l'arrêt de son éternité.

~~~~~~~~~~~~~~~~~

VERS

Tirés de quelques uns des Discours philosophiques
qui ne sont pas conservés, ou qui ne le sont pas en
entier.

Fuyez cet imposteur dont la haine timide
Ne lance qu'en secret son aiguillon perfide ;
Reptile venimeux qui s'approche sans bruit,
Mord sans qu'on l'aperçoive ; et sous l'herbe s'en-
    fuit.

Quand du chef de l'état le crime ou l'imprudence
Des peuples abusés trahiroit l'espérance,
Sujet respectueux, je souffre et je me tais :
Le sage plaint son maître, et n'en médit jamais.

Rien n'est promis en vain, quand on promet à Dieu.

Et soit que Dieu nous ôte ou prête son appui,
Le plus léger murmure est un crime envers lui.

La vertu fut toujours la volupté suprême.
Interroge le vice, il te dira lui-même
Qu'il connut le plaisir, et jamais le bonheur :
Il n'en est point, mon fils, pour qui vit sans honneur.

Adorateur fidele, entrez-vous dans le temple,
Par votre humilité servez à tous d'exemple.
Ecoutez et priez. C'est l'hommage du cœur,
C'est le don le plus pur, le plus cher au Seigneur ;

Que d'autres avec faste immolent des victimes,
Et l'invoquent chargés d'offrandes et de crimes;
Les uniques présents dignes de ses autels
Sont dans l'ame, et non pas dans les mains des mortels.
Dieu n'a pas besoin d'or, c'est lui qui nous le donne.

Ce magistrat tourmente, épuise une province,
Son caprice est sa regle; il rendra compte au prince.

Un sage sur le trône est un présent du ciel.

Le trône a ses dégoûts, les rois ont leurs supplices.
Tel au sceptre parvint qui naquit dans les fers.
Tel roi, né dans la gloire, est mort dans les revers.
J'ai vu des courtisans l'attachement volage;
La vieillesse du maître écarte leur hommage.
Son héritier paroît, c'est l'astre de la cour.
Il regne; un autre vient qui l'éclipse à son tour.
Le peuple accourt, l'adore, et de son joug se lasse.
Un long regne est souvent une longue disgrace.
Et c'est pour ce pouvoir, pour ce suprême rang,
Que nous couvrons la terre et de flamme et de sang;
C'est pour les conquérir, les céder, les reprendre,
Qu'un prince ambitieux réduit les murs en cendre,
Qu'il détruit ses voisins, ses sujets, et ses lois!
Ô vanité du trône! ô misere des rois!

~~~~~~~~~~~~~~

FRAGMENT

D'un discours en vers que Pompignan devoit placer en
tête d'une nouvelle édition de ses poésies sacrées.

Qui n'a relu souvent, qui n'a point admiré
Ce livre par le ciel aux Hébreux inspiré ?
Il charmoit à la fois Bossuet et Racine :
L'un, éloquent vengeur de la cause divine,
Sembloit, en foudroyant des dogmes criminels,
Du haut du Sinaï tonner sur les mortels ;
L'autre, de traits plus fiers ornant la tragédie,
Portoit Jérusalem sur la scene agrandie.
Rousseau saisit encor la harpe de Sion;
Et son rhythme pompeux, sa noble expression,
L'éleva quelquefois jusqu'au chant des prophètes.
Imitez cet exemple, orateurs et poëtes :
L'enthousiasme habite aux rives du Jourdain,
Aux sommets du Liban, sous les berceaux d'Eden.
Là, du monde naissant vous suivez les vestiges,
Et vous errez sans cesse au milieu des prodiges.

FIN DES POÉSIES SACRÉES.

ODES DIVERSES.

ODES DIVERSES.

~~~~~~

ODE PREMIERE.

LA MORT DE J. B. ROUSSEAU.

Quand le premier chantre du monde
Expira sur les bords glacés
Où l'Ebre effrayé dans son onde
Reçut ses membres dispersés,
Le Thrace, errant sur les montagnes,
Remplit les bois et les campagnes
Du cri perçant de ses douleurs :
Les champs de l'air en retentirent,
Et dans les antres qui gémirent,
Le lion répandit des pleurs. (1)

La France a perdu son Orphée;
Muses, dans ces moments de deuil,
Elevez le pompeux trophée
Que vous demande son cercueil :
Laissez par de nouveaux prodiges,
D'éclatants et dignes vestiges
D'un jour marqué par vos regrets.
Ainsi le tombeau de Virgile

---

(1) « Ce début, dit La Harpe, est beau comme l'an-
« tique, beau comme Horace et Pindare. »

Est couvert du laurier fertile
Qui par vos soins ne meurt jamais (1).

D'une brillante et triste vie
Rousseau quitte aujourd'hui les fers,
Et, loin du ciel de sa patrie,
La mort termine ses revers.
D'où ses maux ont-ils pris leur source?
Quelles épines dans sa course
Etouffoient les fleurs sous ses pas?
Quels ennuis ! quelle vie errante,
Et quelle foule renaissante
D'adversaires et de combats !

Vous, dont l'inimitié durable
L'accusa de ces chants affreux,
Qui méritoient, s'il fut coupable,
Un châtiment plus rigoureux ;
Dans le sanctuaire suprême,
Grace à vos soins, par Thémis même,

---

(1) Henri de Lorraine, deuxieme du nom, duc de
Guise, fameux par son entreprise sur Naples, parle du
tombeau de Virgile dans ses Mémoires : « On voit, dit-il,
« proche du tombeau de Virgile une chose assez remar-
« quable. Il est de marbre blanc, fait en petit dôme, sur
« le haut duquel, de temps immémorial, un laurier a
« pris racine dans le marbre, sans qu'il y ait aucune
« terre pour le conserver. Un vieux même qui y étoit,
« étant mort depuis quelques années, la nature en a re-
« poussé un nouveau, semblant vouloir éterniser la mé-
« moire de ce grand homme par le prodige de ce lau-
« rier, dont les branches ont servi de tout temps à cou-
« ronner les grands poëtes, aussi bien que les victo-
« rieux »... Ce trait m'a paru assez singulier pour être
cité. Au prodige près, il est beau de voir un grand
prince parler ainsi d'un grand poëte.

Son honneur est encor terni.
J'abandonne son innocence;
Que veut de plus votre vengeance?
Il fut malheureux et puni.

Jusques à quand, mortels farouches,
Vivrons-nous de haine et d'aigreur?
Prêterons-nous toujours nos bouches
Au langage de la fureur?
Implacable dans ma colere,
Je m'applaudis de la misere
De mon ennemi terrassé;
Il se releve, je succombe,
Et moi-même à ses pieds je tombe
Frappé du trait que j'ai lancé.

Songeons que l'imposture habite
Parmi le peuple et chez les grands;
Qu'il n'est dignité ni mérite
A l'abri de ses traits errants;
Que la calomnie écoutée,
A la vertu persécutée,
Porte souvent un coup mortel,
Et poursuit, sans que rien l'étonne,
Le monarque sous la couronne,
Et le pontife sur l'autel.

Du sein des ombres éternelles
S'élevant au trône des Dieux,
L'envie offusque de ses ailes
Tout éclat qui frappe ses yeux.
Quel ministre, quel capitaine,
Quel monarque vaincra sa haine,
Et les injustices du sort!
Le temps à peine les consomme;

17.

Et jamais le prix du grand homme
N'est bien connu qu'après sa mort.

Oui, la mort seule nous délivre
Des ennemis de nos vertus,
Et notre gloire ne peut vivre
Que lorsque nous ne vivrons plus.
Le chantre d'Ulysse et d'Achille
Sans protecteur et sans asile,
Fut ignoré jusqu'au tombeau :
Il expire, le charme cesse,
Et tous les peuples de la Grece
Entr'eux disputent son berceau.

Le Nil a vu sur ses rivages
De noirs habitans des déserts
Insulter par leurs cris saúvages
L'astre éclatant de l'univers (1).
Cris impuissants ! fureurs bizarres !
Tandis que ces monstres barbares
Poussoient d'insolentes clameurs,
Le Dieu, poursuivant sa carriere,
Versoit des torrents de lumiere
Sur ses obscurs blasphémateurs. (2)

---

(1) Diodore de Sicile.
(2) (*Note de l'éditeur.*) Pompignan avoit mis :

    Crime impuissant, fureurs bizarres.

En insérant, il y a plus de quarante ans, cette strophe dans un morceau sur la poésie lyrique, La Harpe substitua, *cris impuissants.* J'ai adopté cette heureuse leçon. Ce changement et trois ou quatre autres, qui sont indiqués par le même Aristarque, sont les seuls que je me sois permis dans le texte de Pompignan.

La Harpe, dans son Cours de Littérature, fait de l'ode sur la mort de Rousseau, et particulièrement de la strophe à laquelle cette note se rattache, l'éloge le plus ma-

Souveraine des chants lyriques,
Toi que Rousseau dans nos climats,
Appela des jeux olympiques,
Qui sembloient seuls fixer tes pas;
Par qui ta trompette éclatante
Secondant ta voix triomphante,
Formera-t-elle des concerts?
Des héros, Muse magnanime,
Par quel organe assez sublime
Vas-tu parler à l'univers?

Favoris, éleves dociles

---

gnifique. « Cette strophe, ajoute-t-il, se grava sur-tout
« dans ma mémoire, et j'en étois tout plein lors de mon
« premier voyage à Ferney, en 1765. Je trouvai bientôt
« l'occasion d'en parler à Voltaire, sans aucun air d'af-
« fectation, à table, en présence de vingt personnes.
« J'eus soin seulement de ne pas nommer l'auteur. Je
« me défiois un peu de l'homme, et je voulois l'avis du
« poëte. Il jeta des cris d'admiration. C'étoit sa ma-
« niere, quand il entendoit de beaux vers. Jamais il ne
« les a écoutés froidement. *Ah, mon Dieu, que cela
« est beau! Et qui donc a fait cela?* Je m'amusai quel-
« que temps à le faire deviner. Enfin, je nommai Pom-
« pignan. Ce fut comme un coup de théâtre. Les bras
« lui tombèrent : tout le monde fit silence, et fixa les
« yeux sur lui. *Redites-moi la strophe.* Je la répétai ;
« et l'on peut imaginer avec quelle attention sévere elle
« fut écoutée. *Il n'y a rien à dire; la strophe est
« belle.* » Dans son morceau sur la poésie lyrique, La
Harpe raconte le même fait en ces termes : « Je récitai
« un jour cette strophe à Voltaire qui l'admira avec
« transport. Je lui en nommai l'auteur. Il me pria de
« redire la strophe. Je la lui redis, et il l'admira en-
« core davantage ». On aime à voir l'Apollon de Ferney,
malgré ses démêlés avec Pompignan, rendre cette justice
au talent de son adversaire.

De ce ministre d'Apollon,
Vous à qui ses conseils utiles
Ont ouvert le sacré Vallon ;
Accourez, troupe désolée,
Déposez sur son mausolée
Votre lyre qu'il inspiroit ;
La mort a frappé votre maître,
Et d'un souffle a fait disparoître
Le flambeau qui vous éclairoit.

Et vous dont sa fiere harmonie
Egala les superbes sons,
Qui reviviez dans ce génie
Formé par vos seules leçons ;
Mânes d'Alcée et de Pindare,
Que votre suffrage répare
La rigueur de son sort fatal.
Dans la nuit du séjour funebre,
Consolez son ombre célebre,
Et couronnez votre rival.

ODE II.

SUR L'HOMME DES CHAMPS.

Heureux le citoyen religieux et sage
Qui vit comme en un port au milieu de l'orage,
    Sans brigue et sans emplois ;
Et qui, dans nos malheurs, fruits de conseils
    sinistres,
N'a point à s'imputer les fautes des ministres,
    Ni les vices des rois.

Plus heureux l'habitant de ces vallons champêtres,

Qui, du vieux héritage où sont morts ses ancêtres,
    Paisible possesseur,
Ne connoît que ses champs, préside à leur culture,
Craint Dieu, garde les lois, jouit de la nature,
    Et gouverne son cœur.

Les domaines voisins, plus que le sien fertiles,
N'excitent point en lui ces regrets inutiles
    Qui rongent l'envieux.
L'opulence d'autrui fut toujours sa richesse;
Il seme avec espoir, cueille avec alégresse
    Ce qu'il reçoit des cieux.

Ne crains point, laboureur, que sa fortune altiere
Fonde sur les débris de ton humble chaumiere
    Ses riches pavillons;
Ni qu'un ordre cruel de ses mains tyranniques,
Pour agrandir un parc ou des routes publiques,
    Usurpe tes sillons.

Ne crains point qu'exerçant un pouvoir arbitraire,
Il refuse à tes cris le trop juste salaire
    Qu'il doit à tes sueurs;
Ni qu'il ose enchaîner le pauvre qui soupire;
A des travaux forcés, la honte d'un empire
    Où regnent ces rigueurs.(1)

Jamais, pour soutenir des droits imaginaires,
Il n'achete au barreau les clameurs mercenaires
    D'un orateur fougueux;
Mais de tous ses voisins arbitre incorruptible,
Il tient dans ses foyers le tribunal paisible
    Qui les accorde entr'eux.

_____

(1) Allusion à la corvée.

Pour arrêter le cours des querelles naissantes ,
Il n'interroge point les annales savantes
    Des Grecs et des Romains.
Sans édits de préteurs son intégrité pure
Décide par les lois que la simple nature
    Fit pour tous les humains.

Suivons-le en ses vergers : que j'aime l'industrie
Qui dresse au joug de l'art et de la symétrie
    Ses jeunes espaliers !
Voyez comme il prépare, au retour de l'automne ,
Le nectar odorant qui murmure et bouillonne
    Dans ses obscurs celliers.

. . . .

Amoureux du travail plus que de l'abondance ,
Tous les biens qu'aux mortels donna la Providence
    Exercent son ardeur.
Sa culture assidue en consacre l'usage,
Moins pour s'en enrichir que pour en faire hommage
    A leur unique auteur.

. . . .

Il consulte les cieux, les astres, les nuages,
Voit leur vicissitude , en tire des présages
    Qui ne sont point trompeurs ;
Et de l'ordre des temps, comme de leurs contrastes,
Observateur habile, il compose les fastes
    Qui reglent ses labeurs.

Mais soit que les saisons à leur emploi fideles,
Dans le tableau mouvant qui les distingue entr'elles,
    Gardent leurs traits divers ;
Soit qu'un trouble apparent les change et les con-
    fonde,

Par-tout il reconnoît la sagesse profonde
    Qui régit l'univers.

Souvent libre de soins, quand du haut des collines,
Il porte autour de lui sur les plaines voisines
    Ses regards satisfaits,
Son cœur, pur et riant comme le ciel lui-même,
Se plaît à réfléchir sur la beauté suprême
    Des célestes bienfaits.

. . . .

Science inépuisable et toujours abondante,
Qui n'enfle point l'esprit par l'audace imprudente
    D'un savoir imposteur;
Etude où de ses maux le sage se délivre;
Où sans écrits enfin l'homme est son propre livre,
    Et Dieu son seul docteur.

Trop fortuné mortel ! ainsi dans sa carriere,
Des vices corrupteurs de la nature entiere,
    Il craint peu le poison.
D'un soin laborieux, et d'une ame attentive,
Soumis à ses devoirs, tour-à-tour il cultive
    Ses champs et sa raison.

La vieillesse pour lui n'est jamais importune;
Et quand l'heure fatale, à tout mortel commune,
    L'appelle chez les morts,
Il meurt, et n'a compté dans le cours de sa vie
Que des jours sans chagrin, des nuits sans insomnie,
    Des plaisirs sans remords.

ODE III.

LES TOMBEAUX. (1)

Mirabeau, 1745.

L'AUTRE jour sans inquiétude
Respirant la fraîcheur de l'air,
J'errois dans une solitude
Sur le rivage de la mer.

J'aperçus de loin des statues,
De vieux débris d'arcs triomphaux,
Et des colonnes abattues ;
J'approchai : je vis des tombeaux.

C'étoit d'abord le mausolée
D'un de ces conquérants vantés,
Par qui la terre désolée
Vit détruire champs et cités.

On y voyoit trente batailles,
Des rois, des peuples mis aux fers,
Des triomphes, des funérailles,
Et les tributs de l'univers.

(1) L'idée de ces stances a été prise de deux vers attribués à Sapho. *Tó gripéi*, etc.

Au pied de deux cyprès antiques
Un monument plus gracieux,
Par ses ornements symboliques,
Attiroit l'œil du curieux.

C'étoit la tombe d'un poëte
Admiré dans le monde entier.
Le luth, la lyre et la trompette
Pendoient aux branches d'un laurier.

Tout auprès en humble posture
Un pêcheur étoit enterré;
Un filet pour toute parure
Couvroit son cercueil délabré.

Ah! dis-je, quel sort déplorable!
Cet objet aux passants offert
Leur apprend que ce misérable
A moins vécu qu'il n'a souffert.

Et pourquoi? reprit en colère
Un voyageur qui m'entendit.
La pêche avoit l'art de lui plaire:
C'étoit son métier, il le fit.

Tu vois par là ce que nous sommes;
Le poëte fait des chansons,
Le guerrier massacre des hommes,
Et le pêcheur prend des poissons.

ODE IV.

A L'ACADÉMIE DE MARSEILLE.

Ainsi la reine des monarques,
Mere de peuples triomphants ,
Dans ses fastes, vainqueurs des Parques;
Adoptoit de nouveaux enfants :
Patrie honorable et féconde,
Les divers habitants du monde
Aspiroient à ses doux liens ;
Le Nil , la Seine, le Pactole,
Sur leurs bords , pour le Capitole
Voyoient naître des citoyens.

Tels et plus révérés, beaux-arts, dieux que j'en-
cense ,
Rois et législateurs de tout mortel qui pense,
Vous formez un état d'un peuple de rivaux :
Empire indépendant qui n'a point de frontieres ,
        Où les hommes sont freres,
L'autorité commune, et tous les rangs égaux.

Des dons que votre main dispense
Le sage peut s'enorgueillir :
Dans les préjugés de l'enfance
Vous nous empêchez de vieillir.
Sans vous, sans vos héros célebres ,
A nos yeux couverts de ténebres
La raison n'auroit jamais lui ;
Par vous l'homme est tel qu'il doit être ;

C'est par vous seuls qu'il peut connoître
Ce que les dieux ont fait pour lui.

En vain de toutes parts, au cri de Tisiphone,
La guerre a rassemblé près du char de Bellone
Le fier républicain, l'humble sujet des rois :
Ennemis au combat, amis dans notre empire,
  Chacun d'eux y respire
L'amour de l'équité, de la paix et des lois.

  Versez toujours votre lumiere
  Dans nos esprits et dans nos cœurs ;
  Muses, beaux-arts, la terre entiere
  Vous doit le bon ordre et les mœurs ;
  Brillez, ne laissez plus renaître
  Ces temps où l'on vit disparoître
  Vos ministres et vos autels ;
  Siecles proscrits, malheureux âge,
  Dont l'histoire obscure et sauvage
  Flétrit les fastes des mortels.

Mais du joug de l'erreur nos peuples s'affranchissent ;
Triomphants à leur tour, les arts nous enrichissent
De leurs biens, de leurs fruits plus précieux que l'or ;
Et par-tout excités par d'utiles exemples,
  Nous leur dressons des temples
Que nos derniers neveux embelliront encor.

  Sur le rivage où des deux mondes
  Le commerce aux yeux est offert,
  Dans le palais du dieu des ondes
  Quel sanctuaire m'est ouvert ?
  Que d'Aristarques et d'Orphées
  Y consacrent aux chastes fées
  Leurs préceptes et leurs chansons !
  Assise au trône du Génie,

J'y vois la savante Harmonie
Au Goût demander des leçons.

Enfants des Phocéens, recevez mon hommage ;
Chez vous, de nos François l'harmonieux langage
Dans la langue d'Homere a puisé ses trésors.
Nos premiers Amphions, sortis de vos asiles,
     Ont porté dans nos villes
Des concerts d'Apollon les sublimes accords.

     Sœur de Rome, émule d'Athènes,
     Mere et tutrice des beaux-arts,
     Toi, qui formois des Démosthenes
     Pour le tribunal des Césars,
     Leve les yeux sur tes portiques,
     Reconnois ces titres antiques,
     Vains monuments de ta grandeur ;
     Et rends grace au nouveau lycée,
     Qui seul de ta gloire éclipsée
     Fera revivre la splendeur.

Les talents sont l'honneur, l'appui de la patrie ;
Du cœur le plus féroce ils calment la furie,
Leur pouvoir est sans borne, et leurs droits sont
     sacrés.
Dans les murs de Cadmus les neveux de Pindare,
     Respectés d'un barbare,
Vivent sur les débris des Thébains massacrés.

     O du Pinde immortels arbitres,
     Envers vous puis-je m'acquitter?
     Vous me dispensez les seuls titres
     Que je brûle de mériter.
     Je laisse une foule importune
     Briguer aux pieds de la fortune

Des rangs, des bienfaits, des faveurs;
L'amitié, seul trésor des sages,
La paix, l'étude, vos suffrages,
Voilà mes biens et mes honneurs.

Trop heureux le mortel que les Muses couronnent,
Que leurs soins ont formé, que les arts environnent!
Avec eux il résiste aux outrages du sort.
Il tient toujours son cœur dans un juste équilibre;
    Né sujet, il est libre;
Il jouit de la vie, et survit à la mort.

~~~~~~~~~~~~

ODE V.

EN REVENANT DE BAREGES.

Août, 1745.

Je vous quitte, froides montagnes,
Noir séjour de guerriers perclus.
Puissent mes yeux ne vous voir plus
Qu'à l'horizon de nos campagnes!

Disparoissez, objets affreux,
Rochers qui montez jusqu'aux nues,
D'un ciel humide et nébuleux
Impraticables avenues.

Torrents, dont les fougueux écarts
Se percent des routes bruyantes,
De vos cascades effrayantes
Ne fatiguez plus mes regards.

18.

Renaissez, charmants paysages,
Renaissez, tableaux enchanteurs,
Ruisseaux, qui sans bruit, sans ravages,
Baignez nos moissons et nos fleurs.

Je t'aperçois, charmante plaine
Où la Garonne épand ses eaux,
Non loin de cette longue chaîne
De vallons mêlés de coteaux.

Je crois voir la vapeur légere
Qui s'éleve de mes foyers.
Vers la demeure qui m'est chere,
Volez, trop paresseux coursiers.

Ramenez-moi dans ces asiles
Où de soi-même l'on jouit,
Où tous les esprits sont tranquilles,
Où tout me console et m'instruit.

C'est là que, paisible victime
D'ennemis publics ou secrets,
De la fortune qui m'opprime
J'apprendrai les derniers arrêts.

O fortune, ton vain caprice
Ne m'a jamais humilié.
Ce que peut m'ôter l'injustice,
Je l'ai déja sacrifié.

Mais il me reste une retraite,
Quelques amis, le goût des vers,
L'amour des arts, la paix secrete
D'un cœur peu touché des revers.

Et vous, richesses de la vie,
Divine médiocrité,

Elégante frugalité,
Qui ne craignez rien de l'envie;

Vos trésors si purs et si doux
Serout au moins mon apanage;
Vous n'êtes dignes que du sage,
Et lui seul est digne de vous.

Les arts du luxe, leur folie,
N'ont jamais occupé mes soins.
L'opulence ne multiplie
Que les desirs et les besoins.

Dans le réduit le plus champêtre
La nature comble nos vœux.
Tout mortel pourroit être heureux,
Mais tout mortel ne sait pas l'être.

~~~~~~~~~~~~~~~~

ODE VI.

A M. P***.

Pompignan, 1745.

J'AI lu de l'ami de Mécene
Les vers par ta muse imités,
Et suis jaloux que l'Hippocrene
Pour toi roule ses flots sans peine
Jusque dans l'ombre des cités.

Mais, hélas! ta paresse abuse
Des pinceaux remis dans tes mains.

Pour chanter les bords de Blanduse,
Horace conduisoit sa muse
Dans les campagnes des Sabins.

. . . .

L'ennemi des Zéphyrs s'envole ;
Un doux calme regne dans l'air :
Et le Printemps, vainqueur d'Eole,
Dans les goulfres voisins du pôle
Précipite le sombre Hiver.

Viens voir renaître les bocages,
Les jardins, les prés, les guérets.
Tout embellit nos paysages,
Jusqu'au prélude des orages
Qui font tant de peur à Cérès.

Ce ne sont plus ces froides ondes
Dont le Verseau, dans ses fureurs,
Grossit nos sources vagabondes ;
C'est l'heureux tribut d'eaux fécondes
D'où naissent les fruits et les fleurs.

Le soleil, au bruit du tonnerre,
Nous annonce ainsi son retour ;
Et le ciel abreuvant la terre,
Dans tous les germes qu'elle enserre
Darde le feu de son amour.

Tout se ranime, tout s'épure,
L'univers s'arrache au sommeil.
Viens donc : c'est un trait d'Epicure
Que de jouir de la nature
Dans le moment de son réveil.

Sur le gazon de ma terrasse

Viens respirer l'air le plus pur.
Pour des citoyens du Parnasse,
Nourris des vers charmants d'Horace,
Tout est Lucrétile et Tibur.

Mais peut-être, quand je t'invite,
Veux-tu savoir ce qui t'attend
Dans ma retraite favorite?
En premier lieu, de ta visite
Un cœur à coup sûr très content.

Au logis rien de magnifique;
Au-dehors ni parc, ni forêts;
Le jour, promenade rustique;
Le soir, propos joyeux, musique,
Quelques souvenirs indiscrets.

Poésie, histoire, morale,
Point d'importun, nul embarras;
Vins assez bons, chère frugale,
Et dans ton hôte humeur égale,
Hors le jour que tu partiras.

ODE VII.

A LOUIS RACINE,

SUR LA MORT DE SON FILS.

Il n'est donc plus, et sa tendresse
Aux derniers jours de ta vieillesse
N'aidera point tes foibles pas!

Ami, ses vertus, ni les tiennes,
Ni ses mœurs douces et chrétiennes,
N'ont pu le sauver du trépas.

Cet objet des vœux les plus tendres
N'ira point déposer tes cendres
Sous ce marbre rongé des ans,
Où son aïeul et ton modele
Attend la dépouille mortelle
De l'héritier de ses talents.

Loin de tes yeux, loin de sa mere,
Au sein d'une plage étrangere,
Son corps est le jouet des flots;
Mais son ame du ciel chérie,
N'en doute point, dans sa patrie
Jouit d'un éternel repos.

. . . .

Quand l'infortune suit tes traces,
Autant que mes propres disgraces
Mon amitié sent tes malheurs.
Mais que pourroit son assistance ?
Dieu te donnera la constance,
Tu n'auras de moi que des pleurs.

Tu sais trop qu'un chrétien fidele,
Du sang et de la chair rebelle
Brave en héros l'assaut cruel.
Il étouffe leur triste guerre,
Et tout ce qu'il perd sur la terre,
Il le regagne pour le ciel.

Mais vous, dont l'orgueilleuse vie,
De l'humaine philosophie
Tire sa force et son secours;

Si dans ce monde périssable
Un revers soudain vous accable,
Parlez, quel est votre recours ?

Qui vous soutiendra dans vos pertes ?
Quelles ressources sont offertes
A votre audace de géant ?
Point d'avenir qui vous console ;
Un système impie et frivole,
Et l'espérance du néant.

. . . .

Croyons, c'est là notre partage.
Que la foi dissipe ou soulage
Nos chagrins, nos ennuis mortels ;
Et n'attendons dans cette vie
Qu'une fin qui sera suivie
De biens ou de maux éternels.

~~~~~~~~~~~~

ODE VIII.

A MECENE. (1)

N'EXIGE pas que de Numance
Je chante ici le sort fatal,
Que je rappelle d'Annibal
Les victoires et l'insolence,
La Sicile en proie aux Romains,
Et ses ondes que la vengeance
Rougit du sang des Africains.

---

(1) Cette ode est traduite d'Horace.

Je ne chanterai point la guerre
Du Centaure et de ses rivaux,
D'Alcide les fameux travaux,
Vainqueurs des monstres de la terre ;
Ni ce géant qui jusqu'aux cieux
Eteignit presque le tonnerre
Dans la main tremblante des dieux.

Ces tons si fiers, je les ignore ;
Mais, cher Mécene, par ta voix,
L'histoire dira les exploits
Du héros que le monde adore ;
Ces rois défaits par sa valeur,
Et dont l'œil nous menace encore
Dans les fers mêmes du vainqueur.

Pour la charmante Licinie (1)
Ma lyre a réservé ses sons ;
Je lui consacre mes chansons,
Mon esprit, mon cœur, mon génie ;
Je ne vois plus que ses beaux yeux,
Et je n'entends que l'harmonie
De ses accents délicieux.

L'air majestueux d'une reine,
Des Graces la naïveté,
Des Nymphes la légèreté,
Le son de voix d'une Sirene,
Le badinage des Amours ;
Tel est, ami, la souveraine
De mes desirs et de mes jours.

_____

(1) Dans l'original, Licinie est la maîtresse de Mécene ; dans ma version, c'est la maîtresse d'Horace. J'avois mes raisons pour faire ce changement.

Fortune , garde tes richesses ,
Licinie a comblé mes vœux.
Une boucle de ses cheveux
Est préférable à tes largesses ;
Et j'ai plus de plaisir cent fois
A me voir lié dans leurs tresses
Qu'à porter le sceptre des rois.

Que j'idolâtre son caprice ,
Ses doux transports et sa pudeur,
Soit qu'à mes baisers pleins d'ardeur,
Sa bouche en les fuyant s'unisse ,
Soit qu'avec art son tendre amour
Attende que je les ravisse ,
Ou me les dérobe à son tour !

STROPHE

Extraite d'une ode récitée dans la premiere assemblée
publique de l'académie de Montauban , le 25 août
1742.

O DESTIN, tu détruis les plus augustes races !
De leur pouvoir à peine il nous reste des traces ;
Tu fais passer leur sceptre en de nouvelles mains.
Des dépouilles d'un roi tes jeux font le partage ,
    Comme de l'héritage,
    Du dernier des humains.

~~~~~~~~~~~~~~

Dans une ode sur la poésie chrétienne, et qui n'est qu'une déclamation outrée contre la poésie mythologique, Pompignan fait à la derniere cette apostrophe vraiment lyrique.

Tu plaçois dans l'Olympe, au gré de tes caprices,
De cruels conquérants, des rois chargés de vices,
Des dieux imitateurs des forfaits des humains,
Trop dignes de périr sous ce même tonnerre
        Que l'erreur de la terre
Déposoit, en tremblant, dans leurs fragiles mains.

~~~~~~~~~~~~~~

Pompignan cite, dans une ode où il fait l'éloge de Clémence Isaure, quelques écrivains qui eurent une lueur de talent dans des siecles d'ignorance, sans en pouvoir dissiper les ténebres; « ce qui amene, dit La Harpe, « cette comparaison fort juste et fort bien exprimée, « et dont la fin est d'une harmonie expressive. »

Ainsi quand le flambeau du monde
Loin de nous parcourt d'autres cieux,
Et qu'une obscurité profonde
Cache les astres à nos yeux,

Souvent une vapeur légere
Forme une étoile passagere
Dont l'éclat un instant nous luit ;
Mais elle rentre au sein de l'ombre,
Et par sa fuite rend plus sombre
Le voile immense de la nuit.

FIN DES ODES DIVERSES.

TABLE DES PIECES

CONTENUES

DANS CE PREMIER VOLUME.

———

PROPHÉTIES.

DISCOURS PHILOSOPHIQUES TIRÉS DES LIVRES
SAPIENTIAUX.

ODES DIVERSES.

FIN DE LA TABLE ET DU PREMIER VOLUME.